桎梏《しっこく》の雪《ゆき》

仲村《なかむら》燈《とう》

講談社

桎梏《しっこく》の雪《ゆき》

目次

第一章　6

第二章　46

第三章　96

第四章　144

第五章　206

第六章　250

主な登場人物

〈大橋分家《おおはしぶんけ》〉

六代宗英《そうえい》……九世名人
歴代名人の中でも最高の棋力を持つ大名人。
彼の急逝により、将棋家は落ち目へと傾いてゆく。

七代宗与《そうよ》……六段目
宗英の嫡子。大橋分家の現当主。
将棋家立てなおしにかける想《おも》いこそ篤《あつ》いが、棋力は平凡。

英俊《えいしゅん》……七段目
大橋分家の八代目候補。養子。若手筆頭の実力者だが、
軟弱な気質から大一番では精彩を欠くことが多い。幼名は中村《なかむら》喜多次郎《きたじろう》。

お弦《つる》……初段格
英俊の妹。世間向きには初段格となっているが……。

鐐英《りょうえい》……初段格
宗与が大きな期待をかける嫡子。
整った容姿に似合わず、剛直な攻めの棋風を持つ。

〈大橋本家《おおはしほんけ》〉

十一代宗金《そうきん》……五段目
大橋本家の若き当主。堅物だが、弟子には大甘。

河島《かわしま》宗臨《そうりん》……六段目
大橋本家の師範代。
宗金を手玉にとり、大橋本家を実質的に仕切る政治家。

天野《あまの》留次郎《とめじろう》……初段格
大橋本家の内弟子。菊坂の神童。
鐐英よりひとつ年上で、棋力においても一歩先んじる。

〈伊藤家《いとうけ》〉

六代宗看《そうかん》（鬼宗《おにそう》）……十世名人

伊藤家の現当主。宗英の死から十六年を経て十世名人を襲う。英俊を香落ちで連破するなど、圧倒的な実力を持つ。

看理《かんり》……六段目

宗看の嫡子。宗看の三子では唯一廉直に育つも、早世。

看佐《かんさ》……六段目

宗看の次男。看理に代わり伊藤家の後取りに繰り上がる。棋才にかけては兄を凌《しの》ぐが、身持ちの悪い放蕩者《ほうとうもの》。幼名は定次郎。

金五郎《きんごろう》……四段目

宗看の三男。看佐同様、放蕩者。棋士としても落ちこぼれ。

〈将棋家以外の人物〉

福泉藤吉《ふくいずみとうきち》……六段目

大橋分家門下の重鎮。豆人と号し俳諧も嗜《たしな》む文化人。最強の盲人棋士。将棋家の周囲で不穏な動きをみせる。

石本勾当《いしもとこうとう》……五段格

碁・将棋家を管轄する寺社奉行・土井利位《どいとしつら》の用人。蘭学者。

鷹見十郎左衛門《たかみじゅうろうざえもん》

将棋家の中でも特に大橋分家とよしみを結ぶようになる。

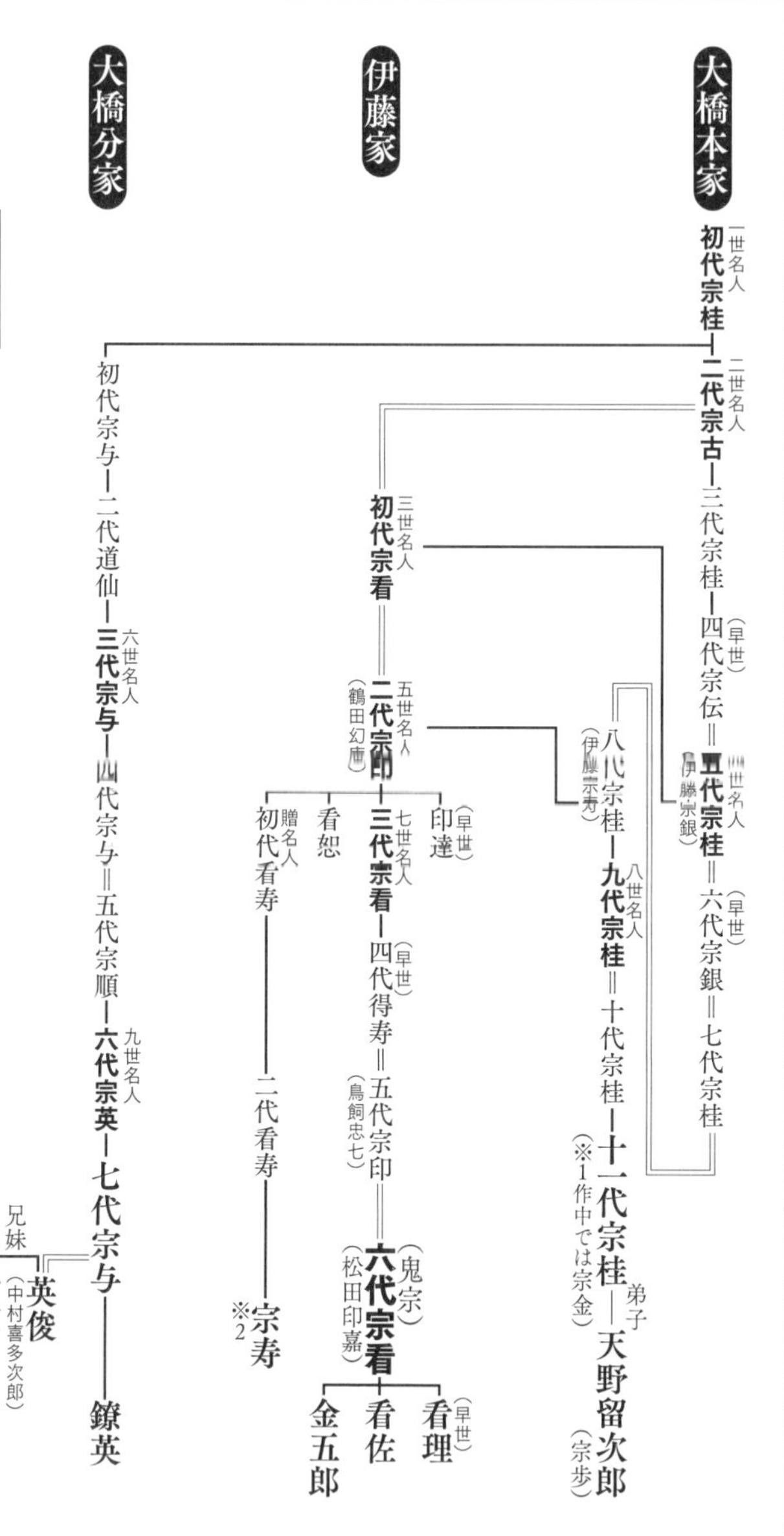

―― 実子
＝＝ 養子
太字は名人

※1 混乱を避けるため、作中では十一代宗桂を初名宗金としています。
※2『将棋営中日記』に六代宗看の甥と記述あり。

桎梏《しっこく》の雪《ゆき》

第一章

1

絹に似た夜の闇を、浅黄《あさぎ》色の灯が濁している。

月は、か黒い雲に隠されて見ることができない。霏々《ひひ》として降る冷たい綿が、小さな鼻の先に触れた。背中を大きな舌で舐《な》められたような心地がして、お弦《つる》はきゅっと肩を抱く。

「寒いのかい」

喜多次郎《きたじろう》はお弦の肩に落ちた雪を優しい手つきで払い落とす。しかし、お弦が震えているのは寒さのせいばかりではなかった。

「にいちゃん、君仲《くんちゅう》が来てるよ。先生のこと、あんなに嫌っていたのに」

桑原《くわばら》君仲は、詰物（詰将棋）作り、ことに詰め上がりが図形を模《かたど》る曲詰においては、当代で並ぶ者がない名手である。背が柳のように曲がっているから、夜闇の中でも見間違いようがなかった。

君仲だけでなく、江戸中の将棋指しが山伏井戸《やまぶしいど》にある将棋家元大橋《おおはし》分家の屋敷《やしき》前に集まっていた。江戸に住む連中というのは、体が楽器であるみたいに始終なにがしか音を出しているものだが、今夜に限ってはくさめのひとつさえ堪《こら》えている。

雪が積もらないようにそうしてくれているのだろう、お弦は肩に置かれた喜多次郎の手をさすった。雪が染み込んだ手の甲は、痛いと感じるほど冷たい。

御城将棋の日だった。家元棋士にとって最も晴れがましき日に、九世名人・将棋所大橋宗英《そうえい》は病を起こした。大手門の前で朦朧《もうろう》となり、嫡子である英長《えいちょう》に付き添われ屋敷にとって返したのはまだ片影のある時分で、そこから屋敷の門は閉じたままだ。不吉な考えを頭によぎらせない方が無理な話で、だから誰も口を開かないのである。とはいえ、九つのお弦にとって、じっと黙っているほど難しいことはなかった。

「先生の将棋って、雪みたいに真っ白なの。あたしがそう言ったら、先生に笑われちまったことがあるわ」

肩に置かれた掌《てのひら》につと、力がこもる。おしゃべりを咎《とが》められていることは分かったが、黙っているのは怖くて仕方なかった。

「たまさか、上手《うま》い喩《たと》えだったのよ。でも、なんでそう思ったのか訊《き》かれても困ったわ。ただ思い浮かんだだけだったもの。将棋と同じで理が虚《うつ》ろじゃだめだって叱られちゃった」

大宗英らしいや、そんな声がして、そこここから忍び笑いが漏れる。将棋となれば、それが無段の子供が相手であってもぬかりなく応じる、名人大橋宗英はそういう棋士だった。にわかに咲いた明るい空気はしかし、一時力《いっときぢから》に過ぎなかった。灯の傍《かたわ》らで影がより濃くなるように、沈黙は重たさを増して戻ってくる。

風が立ち始め、夜の底は一層冷える。お弦が小さなくさめをしたそのときだった。

ずん、と地面が揺れる心地がした。そこにいた皆の心の臓が一斉に鳴るのが聞こえた気がした。前に転んで地面に手をつくその直前のような、ふわっとした感じがあって、目の前がちかちか瞬《またた》く。

門の前に男が立っていた。いま潜戸《くぐりど》から出てきたのだ。

宗英の嫡子英長が、紋付をつけて表に姿を現す。その意味が分からない者などいなかった。にわかに、あたりがざわざわし始める。

「将棋所はどうなるんだ。いま八段目っていないだろう」

「そりゃ、力から言って伊藤《いとう》家の六代目しかいねえだろう。本家、分家と来てるから、順番から言っても妥当だ」

「順番ってなんだよ、双六《すごろく》じゃあるめえし」

さっきまでの静けさが嘘《うそ》みたいだった。顔がかっと熱くなって、次の瞬間には、叫んでいた。

「あんたら、なんの話をしてるんだよっ」

大人たちははっとしたように押し黙り、夜はまた重たい沈黙に包まれる。やがて鼻を啜《すす》る音がそこここから聞こえ始めると、お弦は急に心細くなった。どうしてか、ちっとも目頭が熱くなってこない。かっと目を見開いて自分のつま先を睨《にら》みつけるものの、目が乾いて痛くなるばかりだ。

「お弦、喜多次郎」

目の前に人の立つ気配があったが、お弦は顔を上げられなかった。

「今日は御城将棋の日だ。技芸神妙の名に落ちぬ見事な果て方であった、そう称《たた》えてやってくれ」

「そんなの、できるわけ……」

言いさして顔を上げた瞬間、雪みたいにふわふわ舞っていた感覚が、刺すような冷たさに変わる。

宗英先生、死んじゃったんだわ。頭の中であっけらかんとした声がして、目を塞いでいたものが剝がれ落ちる。もう、堪えることはできなかった。

空を仰ぎ、顔を覆うこともせずに泣いた。

文化六年（一八〇九）十一月十七日。九世名人大橋宗英はこの夜、不帰の客となった。

2

将棋家元の本流、大橋本家の屋敷は中橋広小路《なかばしひろこうじ》にある。将棋家内で大橋家といえばもっぱら本家を指し、分家のことは初代の名をとって宗与《そうよ》家と呼んだ。大橋家、宗与家、そして伊藤家が公儀より権を預かる家元三家である。

「雨だな」

　中庭に面する座敷《ざしき》で、床を背にしているのは伊藤家の六代目当主宗看《そうかん》だ。次席に宗与家の七代宗与、屋敷の主である十一代宗金《そうきん》は二十一と年若く、末席に座す。呉服町《ごふくちょう》御門にある古河《こが》藩上屋敷に参じた帰りだった。将棋家は寺社奉行の管轄下にあり、先日寺社奉行に就任した土井大炊頭利位《どいおおいのかみとしつら》から当主の顔確認を求められたのである。

「私は蝸牛《かたつむり》が好きなんだ」

「蝸牛ですか」

　宗与は中庭を見た。縮緬《ちりめん》に似てしたたかな紫陽花《あじさい》の葉の上で、雨は糸から珠《たま》へ姿を変える。葉群れの裡《うち》に、揚羽が銀を刷《は》いた青翅《あおば》をひそませている。紗《しゃ》をかけられたように仄白《ほのじろ》い庭で、雨音だけがあけすけにさざめいている。

「鐐英《りょうえい》や留次郎《とめじろう》に言うておけ。この鬼宗《おにそう》は蝸牛一匹につき一番、将棋を教えてやるとな」

　鐐英に蝸牛など触れるはずがない、宗与は胸の裡で苦笑いした。伊藤家は家元三家の中でも特に将棋の力を重んじる家風で、代々の当主も半分は外から迎えられた養子である。宗看もその口で、よく言えば鷹揚《おうよう》、でなくば粗野な気質の持ち主だ。根っから御曹司である宗与には解しきれぬ男だった。たとえば、世間が宗看のことを鬼宗看、または鬼宗と呼ぶのを面白がって、将棋家内でもその名を使わせようとするところもだ。

「蝸牛の話はともあれ、鬼宗殿は土井様をどう思われましたか」

　対して大橋家当主、宗金は四角四面な男である。

「そうさな。顔確認を碁家と別にしてくれたのはありがたかった」

柳営《りゅうえい》において将棋家は碁家と対等ではなかった。碁家と将棋家が会する際の席次は一位を碁所、二位に将棋所、三位以下は家督の相続順となるが、碁所が空位の際は本因坊《ほんいんぼう》家が一位に繰り上がる。つまり、碁家の一当主が、将棋家の名人の上に座すのである。それは将棋家にとってこの上ない屈辱であった。もっとも、現在は碁家、将棋家共に名人空位の時代ではあるのだが。

「土井様は将棋家の面目を慮《おもんぱか》ってくださったのでしょう。奥ゆかしい心遣いには、私も感じ入るものがございました」

「まあ、実際にそういう配慮を利かせてくれたのは、なんとかいう用人だろうよ。能吏らしいな」

「どうやら、鬼宗殿は土井様を好ましく思われませんか」

「そんなことはない。ただ、左近衛将監《さこんえのしょうげん》殿と比べれば凡庸だな」

瞬間、宗金の顔が引きつるのを宗与は見逃していなかった。鬼宗の嘲《あざけ》りが土井に向けられたものでないことは、将棋家の者であれば誰にだって分かる。

鬼宗は十年前、文化十二年（一八一五）に八段目に上がった。八段目は半名人ともいい、家元の当主および後継ぎにしか許されぬ段位である。字のごとく九段目名人の正式な後継を示す符丁で、昇段より数年の修業を経て名人の有資格者と擬せられる。

将棋所、すなわち名人位が鬼宗という有資格者を擁しながら空位のままであるのは、大橋家の先代当主十代宗桂《そうけい》が徹して抗《あらが》ったからだった。将棋の力では鬼宗に敵《かな》わぬ宗桂は大橋家の家格を主張し、時の寺社奉行であった水野《みずの》左近衛将監忠邦《ただくに》がそれを支持した。

将棋家にとって痛恨だったのは、水野が一度口にしたことを頑として曲げない男だったことである。水野の気質を知ってか、ほかの寺社奉行は静観を決め込み、将棋家は立ちいかなくなってしまった。

将棋所が空くのは、今回で二度目である。一度目の空位は七世名人三代伊藤宗看の死没から、九代大橋宗桂が八世名人に就くまでの間で、二十七年続いた。そのころに将棋所の襲位は、公儀から任命を受ける形へと変わっている。それまでは家元三家の合議で決し、寺社奉行へ届け出るだけで良かった。箔《はく》がついたと言えば聞こえは良《い》いが、信頼を失ったというのが実際である。そこに二度目の空位とあっては、将棋家の衰微は避けようがなかった。

重たい沈黙が座敷に落ちる。雨音はいつの間にか小さくなっていた。宗与の向かいに座った鬼宗は、目を細めて中庭を見ている。数年前から棋譜など細かい字を読みづらそうにする仕草を見せるようになっていたが、それとは少し違う、遠い眼差《まなざ》しだった。

「手合集を新たに出そうと思っておる」

遠い目をしたまま、鬼宗が呟《つぶや》くようにして言った。手合集とは実戦の棋譜を纏《まと》めた棋書のことだ。

「元禄《げんろく》から今日までの名局を百番選《え》りすぐるつもりだ。大橋家と宗与家にも棋譜を出してもらえないかと思っているのだが」

各家の秘定跡に係わる棋譜を出せとは言わぬ、言い添えて鬼宗は相好を崩した。雨は完全に上がったようで、松籟《しょうらい》が色を帯びたかのような淡い夕の陽が座敷に差し込んでいる。

「やはり、鬼宗殿は大橋家を快くは思っておられぬのでしょうか」

終始不機嫌な顔をしておられた、と宗金は表情に屈託を浮かべた。雨が止《や》んだ途端、鬼宗が座を辞したことを気にしているようである。

「鬼宗殿はそんな狭量な方ではないでしょう。あるいは、看理《かんり》殿のことを想うておられたのではないかと」

「看理殿……。そうか、そうかもしれませぬ」

宗金は眉間にしわを寄せると、腑《ふ》に落ちた体で頷《うなず》いた。

鬼宗は昨年、長男の看理を亡くしている。看理にとって絶局となった宗与との平手戦《ひらて》（駒落ちハンデ無しの将棋）は、ここ大橋家屋敷で行われた。

「看理殿を亡くしたことは、伊藤家にとってのみならず痛恨でした」

看理亡き後の伊藤家の後継ぎには、次男の看佐《かんさ》が繰り上がっている。棋才にかけては兄をも凌《しの》ぐ麒麟《きりん》児《じ》だが、身持ち悪く、放蕩《ほうとう》の癖はおさまるところを知らない。方々に多大な借りを作り、後継ぎに上がっても懲りるどころか、このごろは宗与家の後継ぎである英俊《えいしゅん》まで悪所に連れまわしている。

「伊藤家、宗与家の後継ぎが揃《そろ》って放蕩とあっては、いよいよ宗金殿が頼りです。まだ宗桂を名乗るつもりになれませぬか」

「ええ、宗桂を名乗るのは七段目に上がってからと決めております。宗桂の名をことさらに重んじるのは、父と同じく家格を驕《おご》っているよう聞こえるかもしれませんが」

「お父上のこと、あまり悪く申しまするな。養子ゆえ、気負うところもあったのでしょう」

「しかし将棋家の落ち目は父の愚かゆえです。鬼宗殿はよくぞ耐えておられます。さぞや……」

「宗金殿、その先を言うてはならぬ」

宗金ははっとして口を噤《つぐ》む。宗与は黙って頷きを返した。鬼宗が黙し耐えている上は、余人がその胸中を恣意に語るべきではない。

とはいえ、頃よく話題が思う方へと転がった。宗与は背筋を正して座りなおすと、咳払《せきばら》いをひとつした。

「鬼宗殿が帰られたのは、実のところ都合がよかった。将棋所の復興について、大橋家と話し合いを持ちたいと考えておりましたので」

「それについては、俺も同じく考えていたところです」

大橋家の先代宗桂は数年前に逝き、水野が寺社奉行を解かれ大坂城代となったいま、将棋家は復興の機を迎えていると言えた。鬼宗がその気となり、残りの二家が足並みを揃えればすぐにでも十世名人を立てて、将棋所の空位を終わらせることができる。

「大橋家は鬼宗殿が十世を襲われることに異存ありません。宗与家も、そうお考えでありましょう」

宗金が色めき立つのに対し、宗与は慎重だった。名人さえ立てれば後は事もなし、とはならないのである。まずひとつに鬼宗の年齢だ。いまだ壮健と映る鬼宗ではあるが、五十八というのはまったく安心できる歳《とし》ではない。鬼宗に万一のことがあれば将棋家は三度名人空位へと陥り、そうなると今度こそ落ち目では済まない。

「名人の次が六段目、という有り様では将棋所を復興したところで一時力とも言えますまい」

人材の不足、それが将棋家の抱える最も深刻な問題である。到底将棋所の復興とは、次代までを見据えた強固な組織を作りなおして為《な》るものなのだ。

宗与はわが身を思い、忸怩《じくじ》とした。歴代最強と呼ばれた宗英の棋才を、宗与は受け継ぐことができなかった。三十九としては物足りない六段目という段位すら、力ではなく当主としての立場に忖度《そんたく》して与えられたものだ。口さがない連中からは、幼名の英長を捩《もじ》って、将棋より文筆に長じる由の筆長などと揶揄《やゆ》されていた。

「宗与殿のおっしゃることにも一理あるようですが、慎重に構えすぎて機を逸することになっては詰まりませんよ」

「左様、つまりこれは鬼宗殿が将棋所を復興されるに際して、うちの英俊の七段目も併せて考えていただきたい、という話なのです。政治めいた駆け引きゆえ、好ましく思われないかもしれませんが」

先代宗桂のことがあってか、宗金は政治的な駆け引きを癇症《かんしょう》なまでに嫌っている。昇段の詮議を含め、将棋家内における権力の綱引きは、すべからく将棋の力に基づくべきという考えだ。若い、と言えばそれまでだが、己の棋才に対する自信の表れとも言えた。伝統的な定跡形を重んじる大橋家の棋風を受け継ぎながら、先進的な新手の登用にも積極的な宗金は、宗与の目から見ても逸材である。

「英俊殿の力は俺も認めるところ、七段目は支持いたしましょう」

肯《がえ》んじはしたものの、心から納得したという声音でもない。が、あえて気づかぬ体を装って宗与は声を励ました。

「ありがとう存じます、宗金殿。後は鬼宗殿のお心が固まり次第ということになりましょうか。他家からせっついては、むしろ煩《うるさ》く思われることでしょうし」

宗与の質は、棋士というより政治家である。しかし、同じく政治家であった大橋家の先代宗桂とは志を異にしていた。政敵を定め、害し、貶《おとし》めるやり方では、手中にすべき頂をもろとも削ることになってしまう。まずは家でなく将棋家を強く育てること、宗与家の七代目当主として果たすべきはそれであると、宗与は心得ていた。

とはいえ、将棋家元の一角として野心を持たぬわけではなく、鬼宗の次の代の名人は宗与家に手繰り寄せたいと考えている。後継ぎである英俊を七段目に上がらせたいのもそれゆえであった。

「しかし、いよいよ将棋所の復興が為るかと思えば、気が浮き立ちますな」

言って、宗金は庭を眺める。つられるようにして宗与も庭を振り見た。そこには、夜の藍が落ちつつある。

大橋家から戻った宗与は、女中のおたみから英俊がまた夜遊びに出たことを聞かされた。英俊の七段目を宗金に確かめてきた後だけに、落胆もひとしおである。とはいえ、みっともなく溜息《ためいき》を落とす姿など、家の主として女中には見せられない。毅然《きぜん》とした態度を取り繕い、英俊の帰りを待たなくてよい由を告げると、書斎にこもった。伊藤家に譲る棋譜の写しをとるためである。

棋士としての才には恵まれなかった宗与だが、文筆には長《た》けており、『将棋歩式』『将棋奇戦』など四冊の棋書を宗英の名で上梓《じょうし》していた。

文机《ふづくえ》についた宗与は気息を整え、白紙に筆を下ろす。

文化五年　皐月《さつき》　飛車落ノ手合
上手　大橋宗英
下手　中村《なかむら》喜多次郎

下手の中村喜多次郎は、宗与家の後継ぎである英俊の初名だ。当時十四歳、この将棋で宗英は喜多次郎を宗与家の養子に迎えることを決めた。それほどまでに才気を感じさせる将棋だった。たとえば同じ年の御城将棋で指された宗与と宗英の飛落ちと比べれば、歴然の差がある。ことさらに見事なのが五十四手目に指された三三角成。強力な角を桂と刺し違える鮮烈な攻めで、ここを平凡に四五桂などとしていたのでは上手に勝負手を与えていただろう。本譜は上手の粘りを許さず、突き放している。

英俊が伸び悩みを見せ始めたのは、正式に宗与家の後継ぎに擬せられたときからだった。ことさら御城将棋は冴《さ》えず、鬼宗には香落ちで連敗し、昨年は六段目に上がったばかりの看佐に平手で不覚を取っている。段位は六段目のまま七年も停滞し、まだしも本人がそれを悔しがってくれるなら望みもあるが、むしろ看佐の台頭を喜んでいる節すらあった。あるいは養子という立場から、家元の嫡子に気兼ねを感じているのかもしれない。

いっそ、あれを。頭をよぎった考えを振り払うように、宗与は首を振った。宗与家はもうひとり、英俊にも劣らない棋才を擁している。しかし、それは表には決して出してはならない棋士だった。大橋宗英が、そう決めたのである。

「ままならぬな、あれが男であったならどれだけ良かったか」

宗与は顔中のしわを眉間に集めると、呻《うめ》きともつかぬ呟きを落とし、親指でこめかみのあたりを揑《こ》ねた。

3

鼻の奥が乾きそうな潮の匂いがする。日本橋川と八丁堀を繋《つな》ぐ楓《かえで》川《がわ》の東沿いには武家屋敷が並び、塀の上から松の樹冠が覗《のぞ》いている。行く手の屋根の上に、にょっきりと火《ひ》の見櫓《みやぐら》が突き出している。江戸橋の袂《たもと》は火除地《ひよけち》となっており、水茶屋や髪結い床の並ぶ賑《にぎ》やかな盛り場である。

先を丸めただけの洗い髪が風に揺れた。切前髪に洗い髪、といえば鯔背《いなせ》な女子《おなご》に流行《はや》りの髪型だが、お弦の場合は単なるものぐさである。鼻が高くて目がまんまるい顔は、横から見ると魚の鯛《たい》に似ていて、はなはだ不器量だ。着飾っても仕方ないと諦めている。

「おい、お弦っ。無視はないだろうよ」

気ィ利かせて知らんふりしてやったのに。呼び止められちゃ仕方ないと、お弦はしこたま嫌そうな顔を作って振り返った。金々めかした若旦那風の男が、娘の肩を抱いてにやにや笑いを浮かべている。しまりのない、散々甘やかされて育った男の顔だ。

「金五郎《きんごろう》かい。きゅうりがきれえな娘を連れて、ご機嫌だねえ」

帯に差した銀煙管《ぎせる》はいかにもこれみよがしという感じで野暮ったいが、きゅうりの先みたいな撫《な》で肩《がた》だけはそれらしかった。

「きゅうりってあたしのことかい。それよか、あっちから歩いてきたってことは、うちに用事があったんだろ」

金五郎は将棋家元三家のひとつ、伊藤家の三男である。技がウリの伊藤家にあって、二十半ばで四段目というのは落ちこぼれもいいところだが、当人は気にしたふうもない。棋才がどうというより、そもそものやる気がないのだろう。

「鬼宗先生が手合集を作るというから、うちからも棋譜を持って上がったのよ」

少し前まで棋書といえば民間棋客が出すもので、家元は内々に伝えられる秘定跡を漏らさぬため棋譜を隠すのが普通だったが、今日の不景気の中では言っていられなくなっていた。将棋家の収入源は門下生への指導料と段位の認定、あとは各地で開かれる将棋会への出席だが、いまやそれだけでは拝領屋敷の管理すらおぼつかない。

「将棋家の金詰まりも、ここに極まった感じだなあ」

「そう思うなら、ちっとは遊びを控えなよ。あんたと看佐でいくら借金をこさえてるつもりさ」

「若い身空《みそら》を鰹節《かつおぶし》みたいにこそこそ削ってられっかい。なあ」

金五郎は傍らに立つ娘の髪から笄《こうがい》を抜き取ると、それを使って頭を掻《か》いた。お弦はそれとなく、娘の顔を見る。お弦と違って、目が大きいのを白粉《おしろい》で上手くごまかしていた。上目遣いに金五郎をちらちら窺《うかが》う様子はいかにもいじらしいが、少し演技めいても見える。髪に笄を戻されるときの、恥じらうように頬に手を添える仕草など、いかにもだ。素だとしても、フケを髪に擦《なす》り付《つ》けられて何が嬉《うれ》しいんだか、お弦にはさっぱり理解できない。

「で、急いでる人を呼び止めてくれた用はなにさ」

「急いでたのかい、あんたの用事はもう済んで、帰るだけだろう」

「その用事で時間を潰《つぶ》したから、急いでんのよ」

もう行っていいだろう、お弦が踵《きびす》を返しかけると、

「喜多のやつは、昨日無事に帰ったかい。ありゃあ、本当に酒の飲み方が下手《へた》なやつで、困っちまうよ」

「ああ、母屋《おもや》に帰りにくいからって、わざわざあたしの家に転がりこんできたよ。まだ寝てるようなら、頭を蹴飛ばしてやるさ」

言って、お弦はつま先で何かを蹴り上げるような仕草をした。裾が割れて肢《あし》が露《あらわ》になったが、道行く男どもは鼻も膨らませなかった。そいつはいいや、金五郎が真似《まね》ると、そんな優しい蹴り方じゃ起きやしないよ、と、さっきの二倍も高く肢を振り上げる。何が見えたのか、通行人の男が、今度は気まずそうにそっぽを向いた。金五郎の連れている娘など、自分が粗相をしたみたいに頰を染めている。

「あんたが男だったら、喜多よりよっぽど友達になれるんだがなあ」

「あたしは男に生まれたいなんて思ったことねえよ」

お弦は三度、今度は控えめにつま先を蹴り上げる仕草をし、その動きの流れで金五郎たちに背を向けた。江戸橋の袂、青々と濃い葉を垂らす柳の下を通るころには、金五郎となんの話をしたんだったか、すっかり忘れてしまっていた。

日本橋芳町《よしちょう》には芝居小屋と、それに連なる陰間茶屋が軒を並べている。かつて遊郭があったその場所で、いまは声も変わらぬ男娼《だんしょう》が春を鬻《ひさ》いでいた。浜町堀を渡ると、武家地となる。堀をひとつ隔てただけで人気は閑散、塀の白さばかりが目についた。山伏井戸と呼ばれる、塀が鍵型に折れた一画に宗与家の屋敷はあった。

お弦は門の脇に建てられた内弟子が住むための長屋に暮らしている。兄の喜多次郎は宗与家の養子に迎えられ、いまは英俊を名乗っている。宗与からは母屋に住んでも良いと言われているが、屁《へ》をひるにも気を使うのはごめんだった。

蹴飛ばしてやろうと思っていた頭は畳の上になく、代わりに子供がひとり、戸に横顔を向けて座っていた。お弦が口を開くより先に、

「お弦先生、お久しぶりです」

下駄《げた》にぎょろ目を付けたような顔を向け、くしゃっと笑う。美形とは言えないが、あたしがいないのにどうして勝手に上がりこんでやがるんだ、なんて文句も忘れてしまうくらいには愛嬌《あいきょう》がある。

「留次郎、おまえまた大橋家から逃げてきたね」

「宗金先生は庭掃除を終えるまで将棋を教えてくれぬといいます。この暑さの中、ひとりで庭掃除などさせられては、目を回してしまいます」

二月前《ふたつき》は、毛虫が多くてたまらないと言っていた。本郷菊坂で神童と謳《うた》われた大橋家の内弟子は、ことあるごとに大橋家を逃げ出してお弦の長屋に転がりこむ。十の子供が、二十町（約二・二キロメートル）離れた中橋広小路からでである。

半ば感心しながら、お弦は留次郎が向かいにしている将棋盤を覗き込んだ。角落ちの将棋で、明らかに上手が失敗している。お弦のこめかみが、ぴりり、と引きつった。

「英俊先生の手番ですが、手水《ちょうず》を使いに立たれたきり戻られません」

留次郎がそう呟いたのと、戸口から差す陽が翳《か》ったのがほとんど同時だった。そういう仕組みの絡繰りみたいに、お弦の首がぐるんと回る。

「おい、初段にも上がらない子供相手になんてざまなのさ」

「いやあ、昨日はちぃと悪い飲み方をしちまった。どういう手順でこうなったのかも、わかんねえくらいだ。それに、留次郎は強いぜ」

英俊は情けない笑みを浮かべて後退《あとずさ》った。まったく気の弱い男である。

「良い酔い方のときがあるみたいな言い方よねえ」

お弦の嫌味に言い返しもせず、英俊は丸い頭を掻いた。将棋家の当主と後継ぎは剃髪《ていはつ》をして僧形をとる。実際出家する碁家と違って形だけだが、悪所では悪目立ちしていることだろう。当の留次郎にその親心をまるで理解する気がないとはいえ、大橋家の宗金が弟子の躾《しつけ》に躍起になるのも頷ける気がした。

「それにしたって、酒を言い訳にするほどみっともないこともないね。六段目なら留次郎は飛落ちでも負けちゃいけない相手だろう」

「お言葉ですが、飛落ちなら留次郎は八段目にも勝ってみせます」

留次郎はつん、と口を尖《とが》らせる。

「へえ。よう言いました、留次郎。では、ここからはこの弦女《つるじょ》が指し継ぎます」

「ここからだったら、九段目にも負けませんよ。留次郎が勝ったら頭を撫《な》でてもらいますからね」

お弦は留次郎の向かいに座ると、改めて盤に目を落とす。下手に良い駒組みを許してはいるものの駒損はしておらず、上手からすれば飛落ちの方がまだ勝ちづらい。そう判断して顔を上げると、英俊が留次郎の後ろで横になるのが見えた。

「さあて、あんたの世間は間違ってるって教えてやらなきゃね」

お弦は少考ののち、舞うような手つきで駒を動かした。その手がまだ盤上から引かぬうちに留次郎は手を伸ばしてくる。まるで米搗《こめつ》きかという早指しだが、それで勘所を外さずに指してくるのだから大したものである。もっとも、お弦からすればまだまだ甘い。留次郎の指し方は、この将棋を攻め一辺倒で勝とうとしたものだった。

同じ大駒落ちでも、飛落ちと角落ちではその性質がまったく異なる将棋だ。飛落ちが下手の攻めの力を見る手合いであるのに対し、角落ちは加えて受けの力が試される。盤上を無尽に走る動きは同じでも、やはり飛は角より攻守両面で優《まさ》る駒なのだ。

案の定、手が進むうちに留次郎の表情が強張《こわば》り始めた。形勢が容易ならざることに気づいたのか、最前までの早指しは鳴りを潜め、一手ごとに時間を使う。苦しい長考であるに違いない、なにせ下手にはもはや、はかばかしい手がない局面なのだ。受けの極意は先受けである。あらかじめ備えておけば一手、一枚の受けで足りるものが、間際になってからだと三倍の駒と手数を費やしても受からない。留次郎が陥っているのはまさにそういう状況で、指せば指すほど惨めだが、大口を叩《たた》いた手前投げることもできず、涙目になりながら盤と向かい合っている。

また、やりすぎちまったわ。留次郎の向かいで、お弦もまた反省していた。稽古将棋の上手はもう少し手心を加えて、下手にもいくらか好手を指させてやるものなのだ。しかし、敗勢に陥るとしくしくやり始める留次郎は毎度見ても飽きないくらいにおかしくて、お弦はついつい手加減するのを忘れてしまう。

「これまでにございます」

絞り出すように言って、留次郎が頭を下げた。ぐし、と鼻を啜り、目元を拭う。

「ま、留次郎もよう指しました。頭を撫でてあげます」

「いりません、留次郎は勝てませんでした」

鼻声で返しながら、留次郎の手は盤面を仕掛けの直前にまで戻している。下手が決定的に形勢を損ねた局面だ。

「どこで間違えたのか、ちゃんと分かってるわけだ」

やっぱり頭を撫でてやろうと腰を浮かしかけたところで、戸口の方から咳払いが聞こえた。留次郎の後ろで、英俊が跳ねるような勢いで身を起こす。

「ああ、いけない。あたしったら、すっかり忘れちまってたわ」

宗与の顔を見て、お弦はお使いのことを思い出した。


「あら、鐐英もいっしょですか」

宗与の傍らに、色白の子供が立っている。宗与の嫡子、鐐英である。歳は留次郎よりひとつ下の九歳だが、すらりと背が高く、顔つきも大人びていた。

なにより、驚くほど美少年だ。黒目勝ちの目は油を落としたように艶《つや》めき、細い指の先で爪は白桃の実を思わせる薄紅色。乙女のような面差しだが、眉はきりっとしている。その美しさが、幼きうちの泡沫《ほうまつ》ではないことを確信させる、精悍《せいかん》な眉だった。

「英俊には、鐐英に飛落ちを教えてくれるよう頼んであったのだが」

「あ、俺はお弦と違って忘れちゃいませんって。ちょうどいま……」

「覚えていたなら、なお悪い」

宗与は英俊の弁解に被《かぶ》せるようにして、酔いつぶれて帰ったことを咎めた。目じりを尖らせたり、または声を荒らげたりしないのが、英俊にはかえって怖いらしい。英俊の次は留次郎だ。宗与は英俊からお弦の向かいに座った少年に目を移し、天野《あまの》、と呼びかけた。

「おまえが大橋家から逃げてくるたび、私が宗金殿から小言を言われるのだぞ」

「すみません。宗与先生といっしょに、留次郎も謝ります」

「馬鹿者、私と宗金殿がふたりがかりでおまえを叱るのだ」

そんなあ、と留次郎は絶望的な悲鳴を上げる。毎度こうなのに留次郎が懲りないのは、宗金ともども、厳しいのはふりに過ぎないからである。そのあたりは子供の方がよく知っているのだ。

「弦女、鬼宗殿はなにか言っておられたか」

「対局者がどの門下か分かるようにしたいとおっしゃっていました」

「難儀なことを思いつかれたものだな、それは」

ちょっと前ならともかく、百年も昔の民間棋客がどの門下に属していたか、調べる手間を考えただけで気が滅入《めい》りそうである。なにかと苦労に挟まれがちな宗与のことを、苦労の種のひとつであるお弦は他人事《ひとごと》のように気の毒だと思った。

「兄さんの代わりに、あたしが鐐英に稽古をつけましょうか」

鐐英がそれでも良かったらだけど、お弦は言い添えて戸口にぽつねんと立つ鐐英を見る。鐐英はぴくりと形の良い眉を動かすと、小さくお辞儀を返してきた。

「お弦先生は留次郎にもう一番教えてくれる約束ですよ」

「そんな約束、した覚えないよ」

お弦は口を尖らせる留次郎の額を、指で小突いた。と、宗与が妙案思いついたというふうに頷き、

「いっそ天野と鐐英を平手で指させてみてはどうだろう。ふたりとも力は初段くらいだろう」

「ああ、それはおもしろそうねえ」

言って、お弦は手を叩く。子供らはというと、はやその気になったようで、じっと目線をかわし合っている。

「鐐英と申します。天野様、でよろしいですか。手番はいかがいたしましょう」

「留次郎が年上だから、鐐英が先手でいいよ」

「年の上下で決めるものではないとおもいますが」

顔に似合わず勝気なところがあるようで、鐐英の眦《まなじり》が鋭く尖った。留次郎もむす、と眉根を寄せている。

子供たちの間に不穏な気配が立ったところで、それまで影のうすかった英俊が嘴《くちばし》を挟み込む。

「両方の力を知ってる俺からすると、いまんところは留次郎がちっとだけ強《つえ》えな。香を引くほどの差とは思わねえが、どっちが先手でどっちが後手かって話なら、留次郎が後手だろうよ」

英俊の仲裁に、鐐英は少し不服そうな顔を見せたが、初段格どうしの将棋なら先手後手の差など無いに等しい。先手を鐐英、後手を留次郎として、対局が始まった。戦型は互いに意地を張り合うような相懸かりである。先手後手とも飛先の歩を伸ばして攻勢を見せる相懸かりは、比較的新しい戦法と言える。

留次郎と鐐英は、おもしろいくらい正反対だった。右や左に駒が傾いていても気にしない留次郎に対し、鐐英の駒はまっすぐ置かれている。鐐英は手番でなくてもじっと盤上を見つめているが、留次郎はきょろきょろと目を動かして落ち着きがない。さっ、さっ、とあまり長く考えず指すのが留次郎で、当たり前の手であっても必ず考えてから指すのが鐐英だった。

鐐英の指し手が、意外や剛直なことにお弦は驚いていた。駒損を厭《いと》わず、激しく後手を攻め立てている。同時に、留次郎をやや上手と見た英俊の判断は正しかったと、胸の裡で頷いてもいた。初段くらいの将棋だと攻めている側があっさり良くなるものだが、留次郎は受けと攻めの均衡を上手く計って指している。最前お弦に惨敗した角落ちの反省を活《い》かしているようにも見える、というのはさすがに錯覚だろうが、この将棋で技を使っているのは間違いなく留次郎の方だ。

とはいえ、先手の無理攻めを咎め切るほどの力はまだないようで、留次郎が反撃に出た七十手目の局面はなかなかの激戦である。初段どうしならどちらの勝ちもありえそうだった。しかし、

「そこまで。この将棋は指し掛けとする」

鐐英が六四成桂と王手した局面で、宗与は対局を止めた。まさに勝負所であるだけに、子供ら

は揃って宗与を睨む。

「ふたりして怖い顔だね。おまえたちからすれば勝敗をつけたいところだろうが、ここは三、四段ほどの力があれば勝ち負けを読み切れる局面だ。勝負に拘《こだわ》るより、各々でこの局面を得心するまで読み深めた方が学び多かろう」そこまでを厳《いか》めしい口調で言うと、宗与は外を振り見た。「それに、外はもう暗くなり始めている。日が暮れる前に天野を大橋家まで送り届けなくてはいけない」

大橋家の名が出たことで、留次郎はぎくりと首を縮こまらせる。宗与は留次郎の前で身を屈《かが》めると、頭の上に掌を置いた。

「天野は上手く指した。受けを苦にしないのは強くなる将棋だ」

褒められた留次郎は、誇らしげに鼻を膨らます。

「天野に比べ、鐐英。おまえの指し手はみっともなきものだったぞ。あのような攻めに眩《くら》んだ将棋を教えたつもりはない」

まるで民間の将棋だと、宗与は静かな、しかし厳しい口調で鐐英の攻め将棋を詰《なじ》った。将棋は攻めて勝つのが本道、受けは弱気の手、などという誤った流儀が民間棋客の間で持《も》て囃《はや》されているのは事実で、宗与がそれをことさらに嫌っていることはお弦も知っていた。しかし、それで九歳の子供を責めるのは酷である気もする。そういえば、母屋を避けて暮らしてきたお弦は、宗与と鐐英がどういう親子であるかをほとんど知らない。

「私は攻めに眩んだつもりなどありません。しかし、力が未熟なのは父上のおっしゃる通りです。受け方の手が見えておらず、苦しい将棋にしてしまいました」

「分かっているならいい」

宗与はすっくと立ちあがると、留次郎に帰る支度を促した。怒られるのが分かっている留次郎は散々ごねたが、毎度のことである。


「なあ、おまえはどう思った」

宗与らが長屋を辞してふたりになると、英俊はそう問うてきた。

「なにがさ」

「宗与先生は、ちと鐐英に厳しすぎると思わねえか」

おそらく、前からそういう話がしたかったに違いない。英俊の下がり眉に、お弦は大きな溜息をつく。

「鐐英が言われっぱなしで俯《うつむ》いてるような子だったら心配だけど、そうでもなさそうじゃないか。見た日のわりに、結構な勝気よね」

兄さんとは違って、言い添えてお弦は鼻を鳴らした。だいたい、宗与が鐐英にことさら厳しいとして、その原因は英俊の体たらくにもありそうだった。将棋では他家の嫡子に尻込みして力を出し切れず、しかし遊ぶとなれば話は別で、伊藤家の看佐らと悪所通いに勤《いそ》しんでいる。

「おまえは本当に将棋以外だと勘の利かないやつだな。鐐英はあんなふうで、顔色を見てるぜ。分かんなかったのかい」

「そりゃあ、今日見た一回で分かるもんか」

お弦はもう、この話に辟易《へきえき》し始めている。これ以上話を聞いたら、放っておけなくなってしまいそうだ。しかし、あからさまに煙たい態度を取るお弦に、英俊も引き下がらない。

「あの家はさあ、おっかさんも、ほら、ああいう感じだろ。幽霊みたいっていうか、言いづれえけど、心が細っちまってるというか。義理とはいっても弟なんだ。心配しちゃいけねえってのかよ」

いけないなどとは、言っていない。そう言いかけて、やめた。売り言葉に買い言葉じゃ、いよいよ出口が見えなくなってしまう。ここはぴしゃっと店じまいだ、お弦は眦を尖らせ英俊を睨みつけると、

「ああ、めんどくさい兄さんだね。そんなに気を揉《も》むくらいなら、宗与先生に言いな。あたしにじゃなくて、直《じか》に」

言って、畳の上に寝そべった。もうこれ以上はどうしたって応じてやらない、そういう構えである。

4

面倒なことにならなければいいが。文机に向かい、宗与は眉間に力がこもるのを感じていた。土井家の用人から、訪《おとな》いを打診する文が届いたのは三日前だ。用向きは書かれていなかったが、

もしかすると視察かもしれない。公儀が熱心だと、将棋家はかえって迷惑なものである。すげないくらいがちょうど良いというものだ。

宗与の頭をことさら重たくさせているのは、大橋弦女初段の同席が求められていることだった。実際に生きて存在している人間をまったく隠し切るのは無理であるから、宗与家はお弦を内弟子として世間に通している。ただし、六段格の力があることは隠していた。女子の高段者など、遍《あまね》く受け入れられるものではないからだ。世にある陰険に晒《さら》されるよりか、珍しきもの程度に扱われる方がお弦にとっても幸せであろう、とはおためごかしに過ぎぬことくらい宗与も承知しているが、ほかによすがもなかった。

「珍しがっておられるだけか、あるいは……」

言いさして、宗与は首を振る。よりにもよって、寺社奉行にお弦の力を知られては由々しいことである。

お弦と言えば、このごろは母屋に顔を出し、鐐英に将棋を教えるようになっていた。実のところ、宗英が虚《きょ》のある将棋と評したお弦の直感的な棋風を、宗与はあまり好ましく思っておらず、それとなく鐐英を遠ざけるようにしていた。鐐英には直感よりも棋理と読みを重んじた将棋を学んでほしかったのである。それを思いなおさざるをえなくなったのは、天野留次郎の存在だった。

「留次郎は宗与家の弟子になればよかったと思うことがあります」

鐐英と留次郎が初めて対局を行ったその日、立ち並ぶ蔵を堤防に擬して人の波が流れる日本橋通町で、留次郎はそうこぼした。はぐれぬように宗与の袖を摑《つか》んで歩く留次郎は、歳のわりに幼さの残った少年である。

「宗金殿が厳しくされるのは、おまえの棋才を見込んでのことだよ。天野を大橋家の十二代目と擬しておるのだ。いつか恩を思い知る日が来ると思うて、いまは精進を続けなさい」

「そうはいっても、庭掃除で将棋は上手くなりませんよ」

「民間の棋士ではないのだから、ただ将棋が強ければ良いというものではない。心を鍛えることも肝要だぞ、天野」

宗与は留次郎のことを、棋士としては気に留めていなかった。神童と呼ばれたところで所詮は民間のこと、将棋家の天才に混じって頭角を示すほどとは思えず、少なくとも鐐英を脅かすような棋才ではなかろうと高をくくっていた。指し掛けにした将棋にしても、最後まで指させていれば鐐英の勝ちもありえたと思っていた。正確に指せば後手が勝つ将棋だったが、それは対局者が高段どうしであった場合の話で、初段格では到底読みきれない局面だったからだ。

「ところで、宗与先生が指し掛けとされた局面を考えながら歩いているのですが、さっぱり分かりません」

「さっぱり、というのは、どちらが勝ちそうかも分からないということか」

答えの代わりに、呻き声が返ってくる。やはりその程度か、優越感はしかし、首をもたげた瞬間に切って落とされた。

「成桂を取って、一間竜の王手に合駒するのは負け筋です。しかし、五四に玉をかわせば際どく勝ちだと思って指していました」

瞬間、総毛立っていた。読み切るには四段の力が要ると宗与が判じた手順を、十の子供がまるで三手詰を解くかのように口にしている。しかも、実戦のうちにそれを読み切っていたとまで言うのだ。

「宗与先生があそこで指し掛けにされたということは、まだ難しくなる順があったということでしょう。留次郎には、それがどういう手順なのかまったく分からないのです」

いまになって思い返せば、あの読み筋を聞いただけで留次郎の力を判断するのは早計であったと分かる。棋士にはそれぞれ読みの癖があり、おそらく留次郎にとってあの局面は読みやすいものだったのだ。果てしなき雪野を見晴るかすがごとく、すべての手を等しく読むことは家元の高段であっても困難だ。ただひとりその神妙の域に達することができたのが、九世名人大橋宗英なのである。

父のことを思った途端、宗与の胸にもやもやとした葛藤がこみ上げた。宗英のごとくあってほしいと望みながら、留次郎の棋才に慄《おのの》き、宗英とはかけ離れた棋風のお弦に鐐英の指導を任せている。もしか留次郎の力はお弦に鍛えられたものではないか、そんな期待に縋《すが》っていた。

「低段のうちだけだ」

己に言い聞かすように言つと、文机の上の書き損じをくしゃ、と丸め潰した。

土井家の用人である鷹見《たかみ》十郎左衛門《じゅうろうざえもん》が宗与家を訪れたのは、赤蜻蛉《あかとんぼ》の飛び始める八月の中ごろだった。最初に便りを受けてから一月《ひとつき》以上が過ぎている。視察であればこうものんびりはすまいから、あるいは私用に過ぎないのではないかと宗与は気を緩め始めていたし、実際鷹見は供連れもなくやってきた。

西洋将棋治式
白方十六　黒方十六　合わせて三十二なり
その行道左にしるすごとし

大将　白一黒一　八方に一目ずつゆく　此方《こなた》の王のごとし
軍師　白一黒一　八方につづけて走る　此方の飛角を合わせて一つにしたるがごとし
戦士　白二黒二　すじぞいにつづけて走る　此方の角とおなじ
騎馬　白二黒二　此方の桂馬《けいま》のごとし　ただしまえうしろ左右に自在なり
大砲　白二黒二　まっすぐ走る　此方の飛のごとし
歩兵　白八黒八　此方の歩のごとし　ただし初手のみ二目ゆく

「西洋将棋、ですか」

そういうものがあるとは知っていたが、道具を見るのは初めてだった。鷹見の直筆らしい紙束から目を離し、改めて畳の上に置かれた市松模様の盤を見やる。升目は将棋より一路少ない縦横八、駒は高さが一寸ほどの人形で、盤ともども女子が好みそうな造作である。が、たって同席を求められた宗与家の女子はさして関心も示さず、今日に限って結いあげた髪の鬢《びん》のあたりを気にしている。

「細かな違いこそありますが、交互に駒を動かして、敵の王を詰ませるというところは同じでしょう。駒の動きもある程度は似ていますし、将棋家の先生であれば定跡などを作れるのではないかと思い、持ってまいった次第です」

当然礼はするつもりだと言い添える鷹見の顔を、宗与は上目遣いに見る。長身の鷹見は、座っていても目の位置が高い。稲妻を閉じ込めたように眼光鋭いが、話し方は穏やかで、武張ったところのない男だ。学者然としている、とも言えた。鷹見は学問、こと蘭学《らんがく》によく通じているという話だ。

宗与は目を通し終えた紙束を膝の前に置く。

「十年ほど前でしょうか。私は鷹見様のお名前を耳にしたことがございます。ときの書物奉行様から、浚明院《しゅんめいいん》様の図式（詰将棋集）について訊《たず》ねられたときでした」

「十年前、もしや近藤《こんどう》殿ですか」

近藤の名が出るや、鷹見の声が高くなった。書物奉行とは、紅葉山文庫の管理を行うお役目である。紅葉山文庫の蔵書は大半が漢籍の政治、学問書だが、その中に一冊だけ収められている棋書が、先代将軍徳川家治《とくがわいえはる》の『御撰象棊攷格』だ。家治は歴代でも群を抜いた将棋好きで、棋級は七段を贈られている。武家の段位は下駄を履かせたものであり、家治も例にもれず実際の力は四段がせいぜいに過ぎなかったが、詰物作りの才はなかなかのものだった。

「思えば、浚明院様のころに、将棋は大きく進歩しました」

　将棋家の棋士は年に一度、黒書院の間にて上覧試合を行う。試合とはいうものの、前もって指された将棋を再現する芝居将棋だ。老中の下城時間までに対局を終えるための措置だが、時に御《お》好《この》みとして、その場で新たな対局が組まれることもあった。御城に上がった家元の棋士が相手を変えて指すのが普通だが、家治の代では近習《きんじゅ》衆との玄素戦が多く組まれている。近習衆の段位も実力を伴ったものではなかったため、家元側は手加減をして指さねばならなかったが、新手を試すにはうってつけでもあった。通算で八十局以上も組まれたこの玄素戦が、定跡の発展に大きく寄与したのは間違いない。

「近藤様には『御撰象棊攷格』の解答編はないのか、そもそも図式として専門的にどのくらい価値のあるものなのかを問われました。詰物を百題揃えるだけでも難事だと申しましたところ、そんな実のない答えは求めておらぬと叱られましてな」

「あの人らしいな。彼がそうやって蔵書を検《あらた》め、整理されたことは、時代が下るにつれ必ず評価されましょう。まことの才人です」

「近藤様も、同じように鷹見様を褒めておられましたよ」

　どういう話の流れで鷹見の名が出たのか、そもそも鷹見の名を思い出せたのが不思議なくらい、記憶が曖昧だ。ただ、ひとつだけ、心の臓を掴まれたような心地と共に、忘れることのできない言葉がある。

このままでは公儀は倒れる。耳目を憚《はばか》る必要のない自宅であったとはいえ、近藤はそう言い放したのだ。

子供のようにそれを真に受けたわけではなく、その言葉はむしろ近藤への印象を貶めてすらいたのだが、宗与が強き将棋家の在り方を考えるようになったのはそのときからだった。将棋家が将棋において権を壟断《ろうだん》すると言っても、それは公儀の庇護《ひご》を受けてのものに過ぎない。その心もとなさに、気づかされたのである。

「話が逸《そ》れてしまいました。そろそろ本題に入りましょう」宗与は西洋将棋の道具を一瞥《いちべつ》し、次いで鷹見の顔を見据える。「鷹見様は西洋将棋と将棋を同じとおっしゃいましたが、将棋家に言わせるとこれらはまったくの別物です」

「まったくの、ですか。似てもおりませんか」

「似てもおりません。古将棋をご存じですか。それとは似ております。つまり、取った駒を自駒として使えるか否かが大きいのです。取った駒を使える将棋は、戦えば戦うほど力が蓄えられますが、駒を取り捨てる古将棋は、戦うほど疲弊してゆきます。同じどころか、逆でありましょう」

宗与の説明に鷹見は残念そうな表情をした。

「そこまで異なると、定跡を作るのは難しいでしょうか」

「どうでしょう。奥義と呼べるような複雑なものを作るとなれば確かに難ですが、略式のものであればご用意できるかと」

そもそも宗与には、西洋将棋自体が将棋を略したものとしか思えなかった。駒が取り捨てでは必然、手の選択肢は少なくなるし、なにより駒の動き方も大味に過ぎる。到底、中身がないから道具を派手に飾り立てるのだろう、と侮《あなど》ってすらいた。

「ところで、この道具は舶来品になるのですか」

それまで押し黙っていたお弦が、やにわに嘴を挟み込んできた。

「いえ、これは国内で作られたものです。舶来品であっても、さして高直《こうじき》なものではありません。蘭鏡《らんきょう》ひとつで十は購《あがな》えます」

「なんと、蘭鏡とはそれほど高直なものなのですか」

鷹見は、蘭鏡を使って雪の形を調べているのだという。それもただ雪を集めて覗けば良いというものではなく、一片だけを溶かさぬよう選り分ける作業が必要で、首尾よく形を確かめられたとしても、その形を素早く書き写すのがまた難事だと鷹見は語った。

「黒漆の皿に雪を載せ、蘭鏡は片目だけで覗きます。上手く形を写せるのは、せいぜい十に一度あるかないかといったところです」

学問というより、道楽じみている。とはいえ、将棋家が心血を注ぐのは遊戯そのものなので言えた義理でもないのだが。

「道具が作られているくらいでしたら、探せば指し人もたくさんいるのではないかしら」

わざわざ礼など用意して将棋家に依頼しなくてもいいのではないか、言外にそう含ませている。

「確かに何人か心当たりはおりますが、嗜《たしな》み程度にも満たぬというか、とても形のある指し方とは言えぬものでして」

さにあろう、手将棋ばかりを千、二千と重ねても棋理は深まらないものである。そこに関しては西洋とつく、つかないによる違いはない。

「よろしければ、西洋将棋の定跡は私に調べさせてください」

「あなたに、ですか」

お弦の申し出に、鷹見は眉を顰《ひそ》めた。お弦の力量を訝《いぶか》っているのだと宗与は理解する。

「これな弦女は初段にございますが、将棋家の初段は、巷《ちまた》の三段に相当します。西洋将棋の定跡を作るとなれば、むしろふさわしいかもしれませんな。私は六段目の手合いを許されておりますが、奥義の半ばに潜って底はいまだ深くて見ず、しかして水面を仰げば淵《ふち》も遠し。浅瀬におる弦女の方が、西洋将棋に関しては目が利きましょう」

それとなくお弦の棋力が初段に過ぎぬことを念押しする。巷の三段と言い添えたのも大事なところで、今後もしお弦の棋譜が表に出たとして、多少の言い訳は利くだろう。

「弦女に任せるとは言っても、最後は私が目を通して確かめます。見苦しいものにはならぬこと、請け合いますよ」

「七代目殿が太鼓判を押されるのであれば、私も信頼いたします。弦女殿、どうかよろしくお願いいたします」

鷹見に眼差しを向けられ、お弦はさっとお辞儀を返す。後日、宗与家には西洋将棋の道具が一《ひと》揃《そろ》い届けられ、宗与は返礼として黒漆の皿を土井家に贈った。

お弦は早々と定跡の研究に掛かり、九月の中ごろには三つの定跡を成果として収めた。鷹見を満足させるには十分な出来であったようで、礼状には女子の将棋指しを珍しがって同席を求めたことを詫《わ》びる旨が記されていた。

鬼宗の手掛ける棋書の編纂《へんさん》を手伝いに、八丁堀松屋町の伊藤家屋敷を訪れていた宗与は、古い弟子の名簿から顔を上げると、

「絶妙という名が、よろしいかと思います」

最前鬼宗から持ちかけられた相談に対する見解を述べた。

『将棋絶妙』は鬼宗がいくつか挙げた棋書名のひとつで、あまり冴えた名だとは思えなかったが、『将棋大全』や『将棋秘訣《ひけつ》』など、ほかの候補と比べれば良さげである。同じく名簿と睨み合っていた鬼宗は、そうか、と顔も上げずに答えた。対局者がどの門下に属していたのかを明確にしたい、鬼宗の思い付きはおもしろくはあったが、元禄から今日に至るまでの名局を集めることとの両立は、困難極まる作業だ。

「大橋家の空いている日にすべきだった」

鬼宗は目頭を指で押さえながら、呻く。大橋家はこの日、後援者である曲淵《まがりぶち》家の将棋会に呼

ばれている。後援者が主催する将棋会への出席は、将棋家にとって最優先の用事だった。とはいえ、日を調整しようと思えばできたはずで、つまり鬼宗はあえて大橋家を除いた状況を作りたかったようだ。

「ま、あんたとサシで話がしたいという魂胆だ。宗与殿、私はようやく覚悟が定まったぞ」

瞬間、宗与の目は文筆家から政治家のそれへと変わる。将棋所を再興されるおつもりか、宗与が問うと、鬼宗は口の端を曲げ、鷹揚な仕草で頷いた。

「分かっているだろうが、単に私が九段目になれば良しという話でもない。そこで、うちの看佐と、そちらの英俊を七段目に上げたい」

政治嫌いの宗金がいては到底できない、単刀直入な申し出である。伊藤家が英俊の七段目を認めるのと交換に、看佐の昇段も支持しろと言ってきているのだ。それはすなわち、鬼宗が嫡子である看佐を本格的に推し始めたということでもあった。

「しかし、看佐殿は六段目に上がられたばかりでしょう」

「六段目になって何日何年過ぎたか、など問題ではあるまい。力があるかどうか、それだけだ。もっとも、看佐にはまだ力が足らぬと思うなら遠慮なく申されよ、あんたも六段目なのだからな」

痛烈な皮肉に、しかし宗与は眉ひとつ動かさない。なにより、伊藤家の言い分だけを黙って聞くわけにもいかなかった。

「ふたりとも七段目で異存ありません。ただ、同じ日にというのはいただけません。英俊を先に七段目に上げ、看佐殿はその何月か後で、という形にしていただきたく存じます」

「英俊も長く六段目で苦労をしたからな。それでもうちは構わんよ。だいたい、あんたは勘違いしていそうだから言うが、私は看佐と英俊、どちらが十一世だとか考えておらんのだ。なにせ、私が百まで生きるつもりだからな」鬼宗はくつくつと肩をわななかせる。「いや、いまの言い方では、私が名人の位に頓着しているように聞こえるな。私はただ、将棋においても誰にも後れたくないのだ。八段目に上がって十年、その間に香一枚は強くなったつもりだ。いまの私なら、三代宗看や九代宗桂が相手でも勝負になろう。しかしな、強くなるごとあんたの父上の背は遠く感じられるようになった」

三代宗看と九代宗桂は、それぞれ伊藤家と大橋家の歴代で最強と謳われる棋士である。ことに三代宗看は二十三の若さで七世名人の座に就いた鬼才だった。そのふたりと比べても、先代名人大橋宗英の実力は図抜けていると、鬼宗は語った。

「百まで生きて将棋を学べば、届くかもしれん」

宗与は引きつった眦を隠すように顎を引いた。激賞とも言える鬼宗の言葉だが、宗与からすれば侮辱であった。届くと考えることすら、不敬なのだ。宗英の力を直に知っている鬼宗ですらこのような不敬を口にするのでは、百年先の、棋譜でしか宗英の技に触れることのできない棋士など、平然と己は宗英に並んだ、果ては凌いだと宣《のたま》うかもしれない。思うだけで、臓腑《ぞうふ》が焼けただれそうだった。

「鬼宗殿にそう気張られては、後に続く英俊らはしんどいですな」

怒りを呑《の》みこみ、強いて軽口を利く。鬼宗は声を立てて笑った。

「なにがしんどいものか。だいたい、気張り足らんのだ、あいつらときたら。ところで、あれはどうするつもりだ。いつまでも飼い殺しのような扱いを続けるのは、まずいと思うぞ」

　差し出がましいことかもしれないが、と鬼宗は眉根を寄せる。あれとは、確かめるまでもなくお弦のことだ。鬼宗は常から宗与家がお弦を世間にひた隠すことに苦言した。都度、宗与は同じ言い訳をしなくてはならず、ありていに言って辟易していた。

「弦女に力通りの段を許したとして、世間は女子というだけで侮ります。棋譜を見れば瞭然、などとはいきません。高段の読みを正しく評せる者など、巷には皆無と言ってよろしいからな。むしろ、ものを知らぬ連中ほど口さがなく、声を大きくしがちです。女子が高段では、当代の名人も知れたもの。そう言って将棋家そのものを軽んじ始めるのが目に見えております」

　将棋の段位は、頂上の九段目名人を基準にしてつけられる。名人相手に定香落ちであれば二段差の七段、定角落ちであれば四段差の五段といった具合だ。名人の強い代では高段者も強く、逆に名人が弱かったり、空位が長く続いたりすると弱い高段者が増えてくる。言い換えれば、高段者の力量から名人の力を論じることもできるわけで、宗与が危惧しているのはまさにそれだった。

「弦女など実質三段、それが六段では名人も三段落ち、そんなことをほざく連中が出てくると言いたいのだな。言わせておけばいいではないか。そいつらがみっともないだけだ」

　鬼宗は楽観するが、宗与には到底堪えられるものではない。お弦には心やましくとも、将棋家の権威には代えられないのである。

宗与はふたたび弟子の名簿に目を落とす。その頑《かたく》なさには、豪気の鬼宗も溜息を落として折れるよりなかった。

大橋英俊

一、私手合之儀今迄六段目上手間之手合に御座候処
此度仲ヶ間相談の上　七段目上手之手合に相進候付
右之趣連印を以　御届申上候

九月の末、寺社奉行に昇段を届け出て、宗与家大橋英俊は七段目に上がった。翌月にはいよいよ鬼宗の九段目名人への昇段を申し出る。

十六年の空位を経て、将棋所は再興のときを迎えようとしていた。

第二章

1

振り向いた少年は怪訝《けげん》そうに片眉を上げていたので、鐐英は彼が自分のことを覚えていないのではないかと思った。赤蜻蛉が一匹、銀杏《いちょう》の葉をかすめるようにして空へ舞い上がる。蜻蛉の翅《はね》が触れたから、というわけでもないだろうが、黄色い葉が一枚、枝から離れ地面に落ちる。大橋家の庭は、すっかり秋めいている。

「私のことは覚えておられませんか、宗与家の鐐英です」

「いや、鐐英のことは覚えているよ」大橋家の内弟子である天野留次郎は不機嫌そうに口を尖らせる。「大きな声で呼ぶから、蜻蛉を捕まえそこなった」

空へ逃げ出した赤蜻蛉は、もはや地面より雲の方が近いのではないかというくらい遠くを飛んでいた。あれだけ速く飛ぶのだから、たとえ自分が声をかけておらずとも逃げ遂《おお》せたのではないか。蜻蛉には触ったこともない鐐英が思っていると、分かっていないな、と言いたげに留次郎が肩を竦《すく》める。

「その顔は、蜻蛉を捕まえそこなったのは留次郎が鈍いからだと思っているな。赤蜻蛉はのんびり屋だから、止まっているところを捕まえるのはそんなに難しくないんだ」

「そうでしたか。天野様の邪魔をしてしまい、申し訳ありません」

「まあ、謝られるほどではないよ」

留次郎はもはや不機嫌そうな顔はしておらず、むしろ笑みすら浮かべて鐐英の方へ歩いてくる。以前会ったときと比べ背が縮んだように感じられるのは、鐐英の背がより多く伸びたためだろう。とはいえ、留次郎も決して小柄なわけではなく、肩幅の広いがっしりした体つきをしていた。鐐英を華奢《きゃしゃ》な紅葉とすれば、留次郎は厚みのある銀杏の葉である。

ところで、鐐英は留次郎に会ったら、と決めていたことがあった。

「これまでにございます」

突然頭を下げた鐐英に、留次郎は最初なんのことだか分からないというふうに首を傾《かし》げていたが、やがて腑に落ちた顔となってお辞儀を返す。それは四月《よつき》前に指し掛けとなった将棋の投了だった。

「鐐英は律義だな」

「投了をしないままの方が痞《つか》えとなって残ります」

指し掛けとなった局面を半日かけて検討した結果、鐐英は後手の留次郎に勝ちがあるという結論に至った。お弦と英俊はその読み筋を褒めてくれたが、父である宗与は眉ひとつ動かさず、高段の棋譜を多く並べるように、とだけ言った。

「ところで天野様、よろしければ一番お相手願えませんか。あれから弦女先生にずいぶん鍛えていただきました」

「お弦先生に教えてもらってるのか。羨ましいな。留次郎は河島《かわしま》先生に叱られてばかりだもの」

河島先生とは、大橋家師範代河島宗臨《そうりん》のことで、六段目の力を持つ。十五で家督を継いだ宗金に代わり、大橋家を取り仕切る重鎮である。

「留次郎も鐐英と指したいのだけど、駒磨きをやらなかった罰で、指し将棋を止められているのですよ」

留次郎はつまらなそうに俯くと、足元の落ち葉を蹴った。

「では棋譜並べはいかがですか。ひとりで並べるより、格段の学びがありますよ」

「うん、棋譜並べだったら叱られようがないな」

対局室に向かいながら、ふたりは誰の将棋を並べようか相談した、のははじめのうちだけで、十歩も行かないうちにどちらが多く棋譜を諳《そら》んじているかで張り合いだした。留次郎が何年かぶんの御城将棋をすべて覚えていると自慢すれば、鐐英もそれくらい当たり前だと言い返し、さらに加えて宗英の棋譜はすべて並べられると胸を張る。それ以上はお互いに嘘比べにしかならないというところで、

「だいたい並べていて思うのは、御城将棋はつまらないってことだ」

不敬も甚だしいが、これに関しては鐐英も同感だった。

八世名人のころから、御城将棋は持将棋が多くなっている。持将棋は対局者の合意によって成立する引き分けのことで（相入玉を要件としないなど、現代の持将棋とは異なる）、上手としては勝つよりも力を見せつけられるという意図もあったが、実際のところは面目の譲り合いだ。早い話が決め手を欠いた無気力試合である。とはいえ、すべてがすべてそうというわけではない。

「去年の平手戦は激戦でした」

「ああ、あの相懸かりの将棋か」

ふたりが頷き合うのは英俊と看佐の将棋で、御城将棋では冴えないことの多い英俊もこの一局に関しては違っていた。

「よし、並べるのはあの将棋にしよう」

「はい、よろしくお願いします」

その将棋なら、鐐英もしかと棋譜を暗記している。並べる将棋が決まると、ふたりの子供はどちらが多く棋譜を諳んじているかの言い争いを再開するのだった。

先手後手ともに、飛先の歩を伸ばし合う戦型を相懸かりという。歩を伸ばした先には相手の角があり、角の頭を攻めるのは、棋理に適《かな》った指し方である。英俊と看佐の将棋は相懸かりの中でも横歩変化といわれる形で、先手が早々と飛金交換に踏み込む異筋の定跡だ。しかし、駒得を果たした後手がそのまま有利とならないのが将棋のゆかしいところで、この定跡はむしろ先手の側に有力な手段が多い。

英俊も定跡にとらわれぬ奇抜な手を指す棋士だが、看佐はさらに輪をかけている。定跡ですら尋常でない手が飛びかう横歩変化も相まって、四十手目の局面で、後手陣は見たこともない珍形となっていた。玉は居玉のまま、金駒は左右に分裂している。悪形を厭わない不羈奔放《ふきほんぽう》な指し回しは伊藤看佐の本領だが、本局はその範疇《はんちゅう》を超えているように思われた。

「五四歩と突くのでは、後手がはかばかしくないでしょう。これで角が使いづらくなってしまいました」

看佐の側を持って指す鐐英は、不服そうに盤上の角に触れた。この定跡の勝敗は、後手の角の働きに掛かっていると言っても過言ではない。

「このあたりは英俊先生の見せ場だね。この二四金は尋常の読みでは打てないよ。形が悪すぎるもの」

対して英俊側を持つ留次郎が唸《うな》るのは四十九手目、先手英俊が持ち駒の金を盤上に放した場面だ。足の遅い金を、僻地《へきち》ともいえる二筋に使うのは普通であれば悪手である。しかし、後手の持ち駒に歩のないこの局面では、次に三三歩成を見た厳しい攻めで、看佐は虎の子である飛を守りに使うほかなかった。

「この攻防は先手がはっきり得をした。いったいどの手が悪かったんだろう」

この将棋は、英俊が序中盤で築いた有利を守り切れずに追いつかれ、ついには逆転された、というのが鐐英、留次郎とも一致した意見だ。とはいえ、手順中のどこを修正すれば良いのかは分からない。看佐が最終盤で放った妙手を盤上に再現し、留次郎は何度も頷く。

「この将棋だけだと、英俊先生より看佐先生が強いと感じるなあ」

「しかし、これの前に指された一局は英俊先生が勝たれています」

盤面を中盤に戻し、先手の修正手順を検討していると、へたへたと足音が近づいてくるのが聞こえた。足音は対局室の前で止まり、さん、と襖《ふすま》が軽やかな音を立てる。振り向くと、瓜《うり》を縦に割ったみたいに、目鼻が真ん中に寄った顔が子供たちを見下ろしている。

「練習将棋かい」

耳をそばだてていないと聞き落としてしまいそうな、か細い声だった。首を横に振り、棋譜並べだと答えると、

「後手はずいぶん不格好な形だな。あんま強くないだろう、こいつ」

看佐は鐐英の後ろから盤を覗き込んで言った。甘ったるい匂いが漂ってきて、目が舞いそうになる。

「後手は看佐先生ですよ。昨年の御城将棋です」

「ん。てことは、先手は英俊か。いけねえな、おまえら。こんな将棋を並べてちゃ下手っぴになるぞ」

看佐はくつくつと肩を揺らし、それから咽《むせ》たように咳をした。酸い酒の臭いが咳と共に零《こぼ》れ、鐐英は思わず顔を遠ざけていた。

「話し合いは、もう終わったのですか」

この日、将棋家の当主と後継ぎが大橋家に集まっていたのは、年始に開かれる将棋会の手合い

を決めるためだ。主催の青池《あおち》青季《あおき》こと伊勢屋四郎左衛門《いせやしろうざえもん》は将棋家にとって最大の後援者である。将棋家総出で参加するのは当然として、対局の組み合わせもしっかり吟味して決める必要があった。青池の将棋会には民間の棋客も多数招かれるので、目玉となる真剣勝負と、指導将棋とを上手く割り振らなくてはならない。

「青池の将棋会なら、俺は風邪ひくことに決まったよ」

看佐は市川《いちかわ》という男の名を出した。御三卿《ごさんきょう》がひとつ田安《たやす》家の近習衆である市川は大層羽振りが良く、将棋家としてはよしみを作っておきたい相手だった。その市川が、年始の将棋会に出席するのだという。

「ま、この機に胡麻《ごま》を擂《す》っておこうって魂胆だな」

三家とも市川の相手に自家の棋士を出したがったが、最も声に力があるのは当然、鬼宗こと名人伊藤宗看である。だが、御鉢を回された看佐がそれに反発した。角落ちという手合いが気に入らなかったのだ。

「本人は三、四段の力があるつもりらしいが、お武家さんの段位なんざ三段下駄だ。そんなへっぽこ相手に上手く芝居して負けろってんだから頭にくるぜ。おう、だったら角じゃなくて風邪をひいてやらあ、って言ってやったのよ」

声を立てて笑っているが、将棋家の後継ぎとして、あまりに勝手な言い分である。年始の将棋会がどれほど重要な行事であるかは子供にだって分かることだ。ふつふつと腹が煮える心地の鐐英に、看佐は酔いを孕《はら》んだ赤い目を向ける。

「それよか宗与家。一等大事な青池の相手はおまえに決まりそうだぞ」

「私がですか」

思いがけず回ってきた大役に、鐐英の声音が高くなる。が、その色めきは、看佐の発した次の言葉で冷やされてしまった。

「じじいってのは見目のいい男子が好きなもんだからな。その点でおまえは文句なしだろうよ」

「そんな理由ですか」

「下らねえよなあ、おまえも風邪ひいちまうかい」

言って、看佐はあからさまに落ちた鐐英の肩を叩いた。留次郎は気遣わしげな目を鐐英に向けている。こみ上げてくる悔しみに、鐐英は拳を握りしめて耐えるほかない。

「宗与家が拗《す》ねちまってかわいそうだから、ひとつこの看佐さんが気を利かしてやろうかね。一番だけ教えてやるよ。でこっぱちも向かいに座りな、ふたりがかりでかかってこい」

「でこっぱちではなく留次郎です。ところで、ふたりがかりと言いますが、看佐先生のまん前で手を話し合ったのでは読みが筒抜けではありませんか」

「ほお、俺が読めねえ手が見えるってのかい。見上げたでこっぱちだ。それだったらおまえらの手番のときは歌でも歌っておいてやらあ」

言うなり歌い始めた看佐を、鐐英と留次郎はふたりして止める。歌そのものが調子っぱずれで聞き苦しいのもあるが、酒臭い息を吐き散らされるのが堪えられない。遠慮するなよ、とぼやきながら、看佐は当たり前のように自陣に飛を置いた。飛落ちで相手されるものと思っていた鐐英は目を瞬く。

「おまえらふたりとも初段くらい指せるんだろ。合わせりゃ二段じゃねえか」

そういう理屈でもない気がしたが、あえて口にはしなかった。六段格のお弦を相手に、飛落ちではもう三にひとつも負けなくなっている。そろそろ角落ちの準備をしたい鐐英にとって、ここはうってつけの機会だと言えた。

と、留次郎が鐐英の袖を引きながら、囁《ささや》いた。

「そういえば、留次郎は指し将棋を止められているのだった」

鐐英はちょっと考えるふりをしてから、答える。

「駒を動かすのが私なら、天野様は指していないとなるのではないでしょうか」


角落ちの下手で最も多く用いられるのが、振り飛車作戦である。飛の対抗で上手の仕掛けを封じ、十分な駒組みを整えてからの戦いを目指すのが骨子だ。飛を振る筋は七筋が多いが、八筋もなくはない。そこで鐐英と留次郎の意見が分かれた。

「定跡が七筋だってことは知ってるよ。けど、八筋に振ったら本当に定跡より損なのか、確かめたいんじゃないか」

「そういう手はもっと筋を身に着けてから選ぶものです。ここは定跡通り七筋に飛を振ります」

ふたりとも頑なな気質であるから、譲らない。最後には埒《らち》が明かないと見た留次郎が鐐英の隙をついて、さっと飛を八筋に動かしてしまった。鐐英は怒ったが、実際のところ飛を振る筋は七筋と八筋のどちらでもあまり変わらなかった。というのも、上手の看佐が定跡をろくに知らなかったのである。

「なあ、この次は定跡だとどうやるんだ」

「……上手が下手に手を教えてくれだなんて、聞いたこともありませんよ」

「分からねえことを教わるのに上手も下手もあるもんか。見様見真似でそれっぽい手を指してきたが、こっから先はどうしたもんかほんとに知らねえんだよ」

看佐は悪びれもせず、なおも教えを乞うてくる。とはいえ、飛を八筋に振った時点でこの将棋は定跡を外れているので、鐐英たちとしても答えようがない。子供らが黙っていると、諦めたのか看佐の手が盤上に伸びる。四十一手目、上手が七筋の歩をつっかけて戦いが始まった。類型の定跡だと下手は上手の仕掛けに六筋から反発することになっているが、そう進めれば局面はもはや穏やかには収まらない。鐐英は留次郎に目顔を送る。

「六筋、いいんじゃないか」

留次郎の支持を得て、下手は華々しい決戦の変化に打って出た。角を金と刺し違え、さらに銀も見捨てて猛攻する。駒損の攻めは下手の負け筋として定番も定番だが、飛を敵陣に成り込んだ局面では、むしろ下手の一手攻め合い勝ちの雰囲気だ。しかし。

鐐英がにわかに勝ちを意識したそのとき、上手から慮外の手が飛んできた。見間違いではないかと、鐐英は目を瞬く。

「そうか。いや、すごいな」

先に気づいたのは留次郎だった。

留次郎には負けまいと、鐐英は目を皿にして盤面に食い入る。上手が指したのは三二銀。一見すると負けを先延ばしにしただけとしか思えない手だ。というのも、下手が次に二二金と打てばこの銀はあえなくただ取りされてしまう。しかし、読み進めていくうちに、それが甘い考えであったことに気づかされた。下手が二手かけて銀を取っている間に、上手は二六歩と玉頭《ぎょくとう》を取り込む手が間に合ってしまうのである。

鐐英は肩が落ちる感じを味わった。勝ちと思っていた局面が負け、棋士としてこれほど悔しいことはない。

「どうしましょうか」

攻め合って勝てないなら受けに回るしかないが、持ち駒は金一枚のほかは歩しかない。攻めに使うはずだった金を受けに手放すのでは、明らかにじり貧だ。つまるところ、もはや下手は勝負する手段を探すのではなく、負け方を選ぶ状況にあった。

「せめて形は作りましょう」

下手は二二金から三二金として、上手を受けなしに追い込んだ。とはいえ、それは見栄を整えた負け形である。この瞬間下手の玉には詰みが生じていた。

「これまでにございます」

鐐英が頭を下げ、やや遅れて留次郎がそれに倣った。

「宗与家は顔のわりに強気だな。早死にしなけりゃ八段にはなるだろうぜ」

「はあ、ありがとうございます」

あまり嬉しくもない褒められ方だった。六段目の看佐は当然としても、最後の最後で留次郎との力量差をも痛感させられる将棋だったのだ。固く握りしめた拳は、血の気が引いて白んでいる。

「留次郎はどうですか。八段になれますか」

「おまえかあ。そもそも、途中からそれでいいんじゃないか、しか言ってなかったじゃねえか。ま、七段には上がれるんじゃねえのか」

留次郎の額を指で弾くと、用は済んだとばかりに看佐は去っていった。その足音が聞こえなくなるまで遠ざかると、留次郎は憤懣《ふんまん》やるかたないといった体で地団太を踏む。

「嘘でも気を使って八段と言ってくれれば良いのに」

「天野様はまだ将棋家の棋士になっておりませんから、それで看佐先生は七段と言われたのだと思いますよ」

「そうかなあ。そんなふうには聞こえなかったけど」

鐐英の胸に屈託が滲《にじ》む。留次郎は気づかなかったのだ。答える直前、看佐が気遣うような眼差しを鐐英に向けたことを。

父の溜息が聞こえた気がして、鐐英は後ろを振り返る。誰の影も立っていない。鐐英はそっと立ちあがると、看佐が開け放しにしていった襖を閉じた。

薄氷を纏ったような葉の上に、黄色い花が儚《はかな》げに咲いている。常盤木《ときわぎ》の多く植えられた伊藤家の庭は、寒のころに映え映えと彩《いろどり》を深くした。ことに今年は石蕗《つわぶき》が見事である。

「おはようございます、看佐殿」

「やあ、宗与先生。寄り道ですか」

「まずはこの庭を見ておかねばと思いましてな」

伊藤家の後継ぎである伊藤看佐は、鋏《はさみ》で山茶花《さざんか》の枝を切り落としていた。女にもてるのだと本人は言い張るが、花に触れる手つきには慈しみがこめられているように見える。

「今年は寒かったからか、こっちの咲き方はいまいちでさ」

「そうでしたか。何か物足りないと思っていましたが」

十月に将棋家は六代伊藤宗看（鬼宗）を十世名人とし、将棋所を再興した。九世名人大橋宗英の死没から十六年の悲願であったが、まだ盤石を取り戻したわけではない。鬼宗の後ろには七段目に上がったばかりの英俊しかおらず、後継不足の問題は解決されていないからだ。

看佐は背を反らす仕草をし、腰を叩く。切り散らした枝はそのままに、宗与の方へ近づいてくる。

「喜多（喜多次郎、英俊の幼名）はいっしょじゃないんですかい」

「母屋へ向かいました。あれは草木に趣をみる男ではないらしい」

「じゃあ俺らも行くとしますか」

母屋に向かいながら、ふたりはとりとめもない話をした。気質ふしだらな、まして英俊を次代の将棋所に擬せようとしている宗与家にとって厄介な競合相手である看佐に、宗与はどうしてかあまり悪い感情を持っていなかった。馬が合うと言っても良かった。庭を愛《め》で、ときに絵筆をとり、なにより整った字を書くこの青年とは、歳が近ければよき友人になれたかもしれない。

「しかし、わざわざ御城将棋の手合いを決めなおすのも、大げさって思わねえでもないですね」

「十世名人の弘《ひろ》めとなりますからな」

この年の御城将棋の手合いは、六月に話し合いの場をもって決められていた。しかし、そのときはまだ鬼宗は九段目名人に上がっておらず、将棋所の再興については誰しもが意識の下に潜ませてはいたものの、あえて口にしなかった。宗与としても鬼宗が自ら宣言するまで、将棋所の再興は一年ないし二年先の話になると思っていたのだ。とかく人の足りない将棋家の現状に鑑みれば、せめて大橋家の宗金が六段目に上がるのを待つべきだった、というのが本心だ。

とはいえ、決まったものはそれとして処理するほかなく、御城将棋の手合いの見直しは必要な仕事である。

「本当なら新初段が一番受けるんだろうけどな。鐐英はまだ初段には上げないんですかい。こないだちっと相手したけど、十分強かったと思いますよ」

「まだまだ。力のつかないうちに段ばかり上げるのはためになりませぬ。それに、鐐英を御城将棋に上げるなら、私は英俊に代を譲って隠居せねばいけませんね」

「そういうつもりで言ったわけじゃねえですよ。って、喜多のやつ、立ち呆《ほう》けてやがる」

言って、看佐は母屋の前で手持ち無沙汰にしている英俊に向かって手を振った。気づいた英俊は、ほっとしたように顔を綻ばせ、手を振り返してくる。まるで、年下の看佐の方が兄貴分だ。

「なんだ、定やん（定次郎、看佐の幼名）は庭にいたのか」

「なんだじゃねえよ。将棋家どうしなんだから、まごついてないで自分ちみたいに入りねえ」

「別にまごついてたわけじゃねえけど」

言って、英俊はきまり悪そうにそっぽを向いた。実のところ、英俊は鬼宗との折り合いがよくない。ありていに言って、嫌われているのだ。黄子であるからと気兼ねして縮こまるなど、鬼宗からすれば惰弱としか映らないのだろう。それを感じてか、英俊の方も鬼宗に対し、将棋、付き合いの両面で苦手意識を持っている。

看佐は何か言いたいのを堪えるように肩を竦めると、宗与に目顔を送ってきた。その仕草の意図するところは明確ではなかったが、宗与は了解した体で目だけ頷き返した。なんとなく空を見上げると、まだ時間が早いからか雲が半ばとろけたように掠《かす》れた色をしている。

話し合いに用いられたのは、庭に面していない部屋だった。伊藤家の当主である鬼宗が寒いのを嫌ったためだが、石蕗の咲いた庭を見た後ではあえなく感じられた。床の間に飾られているのが、庭に咲いている草花であることがせめてもの慰めである。

「十世名人の弘めであるからには、公方《くぼう》様が上覧に上がられるような手合いを組まねばなりませぬ」

きりりと語尾を強めるのは、大橋家の若き当主宗金だ。常のごとく、天井から糸でつられたみたいに姿勢が良い。両隣の伊藤家のふたりと比べると、頭ひとつ座高が高く見える。

「そうは言っても、いまの公方様は碁、将棋にはさっぱり頓着されぬからな。もしか名人がふたりいたとしても、上覧があるかどうか分からんぞ」

なんぞやりようはあるか、と言い添えて鬼宗は宗与の方へ目を向けてきた。困る、というのが宗与の本心だった。眼差しから意を察せられるほど、伊藤家とは昵懇《じっこん》の間柄ではないからだ。しかし、無理に鬼宗の腹を読む必要はないと思えば、かえって開き直りやすかった。さっぱりと思うままを口にすればよい。

「十世のお相手は、私にさせていただきたく存じます」

その申し出が意外だったのか、鬼宗は目を眇《すが》める。

「宗与殿、それはどういう考えかな」

「公方様の上覧がないこともだが、このところ御城将棋は中身まで芝居であろうと軽んじられているきらいがあります。昇段を競うような将棋ではないから、手心を加え合っているのだろうと思われているのです」

宗与は上目遣いに正面の鬼宗を見据える。先を促すように鬼宗は小さく顎を傾けた。

「将棋所が復興されたいま、将棋家は次の名人をめぐる研鑽《けんさん》の時代に入ったことをはっきり示すべきでしょう。英俊と看佐殿はすでにその力を知らしめておりますから、あとは大橋家です」

宗与の提案は、御城将棋の一局を宗金の六段日をかけた争い将棋とするというものだ。段のかかった勝負とすることで目先の関心を引き、先を見ては鬼宗の後継争いを白熱とさせる両得の狙いがある。

単に公儀の関心を引きたいというばかりでもなかった。鬼宗は次代の名人として、明らかに嫡子である看佐を推している。人としては看佐に好感を抱く宗与ではあるが、名人の資質となると不安を感じざるをえない。名人となれば、公儀や相手に交渉事もこなさなくてはならないからだ。宗金を取り立てるのは、名人という強力な権力に、大橋家と宗与家の力を束ねて対抗する目論見《もくろみ》があった。

もっとも、おためごかしはお見通しのようで、鬼宗は口の端を曲げている。目じりにしわを溜《た》め、その表情は楽しげですらある。

「英俊か看佐を相手に後れを取らぬところを見せろということだな。ふっかけられておるぞ、宗金殿」

「私としては、異などあろうはずもありません」

声音を使って煽《あお》る鬼宗に対し、宗金はやや含むところありそうに眉根を寄せた。

「同門の対局は組まないのが習いだから、私の相手は宗与殿とあいなるわけだ。宗金殿の相手は、看佐より英俊がふさわしかろうな」

「俺はそれで構いませんが」

「集まった甲斐《かい》はあったな。今年は私と宗与殿の角落ち、英俊と宗金殿の香落ちの二番で決まりだ」

鬼宗は右手に持った扇子で膝を打つ。ちょうど良い時間でもあった。鬼宗は立ちあがると、集まった面々を酒肴《しゅこう》に促す。伊藤家父子に続いて座敷を出ようとしたところで、宗与を呼び止める声があった。

「宗与殿、少しよろしいか」

常になく低い宗金の声音に、宗与はにわかな不穏を感じ取った。怪訝そうな顔をする英俊に、先に行くよう手振りで示す。

「まずはお気遣いありがとうございます。いつまで五段目のままかと、そろそろと気を揉んでいたところです」

「それは気が早い。香落ちとて英俊は緩い相手ではありませんよ」

「当然分かっておるつもりです。しかし……」

宗金はまるで、飴《あめ》を落とした子供のような顔をしている。

「俺は宗与殿を見損なってはおりません。だからこそ、聞いておきたいことがございます」

肚《はら》に冷え冷えとしたものが落ちるのを感じた。宗金は明確な不信を宗与に対し抱いている。

「河島が言うのです。宗与家はしばらく英俊殿と名人の対局を避けるはずだと。つまらぬことと思うておりましたが、どうして河島の言う通りになりました」

いらぬことを吹き込んでくれたものだ、大橋家の師範代に対し苦々しいものがこみ上げる。理屈がそれらしく通っているのがなお厄介だった。英俊は御城将棋では鬼宗に香落ちで連敗しており、もしも三度目の負けを喫すれば八段目は大きく遠ざかる。それを避けるために鬼宗との対局を先延ばしにするのは、考えられる策だった。鬼宗がいかに気張っても、年齢による衰えには抗しきれないからだ。

「そのような姑息《こそく》を疑われるとは、心外ですな」

宗与の声はあえて不愉快を隠さないものだったが、それでぎくりとも怯《ひる》まないのが宗金の堂々としたところである。

「本当に後ろ暗いところはありませぬか。たとえば、宗与家は寺社奉行の土井様とずいぶん親しくしておられるようですが」

それを聞いて、ようやく宗与は腑に落ちた。宗金が真に腹に据えかねているのは、それだったのだ。宗与家は土井家の用人である鷹見から西洋将棋の道具を贈られ、その礼として黒漆の皿を返している。宗金はそこに政治的なものを勘繰っているらしい。

「西洋将棋の道具を贈られたのはうちですが、お返しは将棋家の名でいたしました。宗与家だけが寺社奉行から計らいを受けようなどとは思っておりませぬ」

宗金の抱える不信は、あえてと言わずとも筋違いである。本来なら怒っても良いところを、それでも宗与は下手に回った。

「宗与殿にそのつもりはなくとも、あちらが勝手に気をつかわれることも考えられます」

言い捨て、宗金は早足で廊下を遠ざかっていく。上手くいかない。その背をぼんやりと見据えながら、宗与はこめかみを親指でぐりぐりと押さえた。

「大橋家がそんなことを言いやがったんですかい。それで怒らねえってのは、ちとお人よしが過ぎませんかね」

伊藤家からの帰り道だった。八丁堀から山伏井戸くらいなら、駕籠《かご》や船を使うより歩く方が楽である。

「家元の間で諍《いさか》いを起こすものではないよ」

「そうは言っても、まるっきり子供じみた悋気《りんき》じゃねえか」

実際、英俊の言う通りだ。とはいえ、火種が子供じみていればこそ、大人の諍いは拗《こじ》れるものだった。

宗与はまだぶつぶつ言いたそうな英俊の横顔を、ちらりとのぞきこむ。そもそも、宗与は宗金の態度に腹を立ててすらいなかった。

「英俊、おまえにこんなことを語るべきではないのかもしれないが、私は場合によっては宗金殿を鬼宗殿の後継に推すつもりでいる」

英俊はぎょっと目を見開いた。悪戯《いたずら》が成功したような痛快を感じ、宗与は口元を綻ばせる。

「そいつは、俺や看佐が頼りないってことですか。世間だと遊びで固まったやつほど見どころがある、なんて言うもんですよ」

「そういうつもりで言ったわけではないよ。英俊、私はこれまで名人とは将棋でいう玉のようなものだと思うてきた。この際になって、ようやくそれが誤りではないかと考えるようになったのだよ」

「へえ、玉でなかったら飛ですか」

「飛を捨てて金、あるいは桂を守ることもある」

腑に落ちたのか落ちなかったのか、英俊は曖昧な表情をしている。

ふと、椿《つばき》の甘い匂いがした気がしたが、すぐに材木のそれを錯覚したのだと気づく。思考はすでに将棋家のことでなく、伊藤家の庭へと移っていた。思い出したみたいに寒さが感じられて、宗与は背をわななかせる。

「この冬は雪が多く降るかもしれないね」

英俊はうんとも答えなかった。

江戸橋の袂まで来て、いま思い出したふうを装って言った。

「御城将棋で、俺は勝たない方がいいですか」

宗与は目を瞬く。あまりにも唐突で、なにより見当外れな言葉だった。こういう場面で、からりと笑いあげる技を宗与は持っていない。

「いや、すまなかった。私が妙なことを言ったせいだな。私とて本心はおまえが鬼宗殿の跡を受け名人になることを願っている」

「ますます、飛とか金とかさっきの話はなんだったのか分かりません。ぜんたい、大橋家が将棋所にふさわしいとも思わねえが」

宗与は眉根にじわり力が溜まるのを感じた。英俊が宗金を快く思っていないことは感じ取っていたし、知らぬふりをするつもりもなかった。

「もしか看佐殿が将棋所になられたら、おまえは力を尽くして支える心があるだろうね。しかし、宗金殿が将棋所になられたときには、同じように支えることができるかな」

宗与は己の声を他人のそれのように聞きながら、はたしてそんなことを考えていただろうか、と疑問していた。実際、心は英俊との問答の上になく、つるりとすべやかな石蕗の葉を撫でている。

「我ら三家は技においては競り、凌ぎ合い、いっそ敵し合うと言ってもいい仲だ。ことに英俊は宗金殿を好《よ》く思ってはおらぬだろう。それでも、宗金殿が将棋所になれば支えねばならぬ。私はそういう用意を、おまえにしておいてほしいのだ」

とりとめもないことを言っている、そんな気がして、

「どうやら、悪い酔い方をしているらしい」

と、うやむやに話を括《くく》った。常になく酔いが回っていたのは本当だったし、英俊は少し心配そうな面持ちで足元は大丈夫かと問うてきたが、意識の浮つき以外は問題なかった。いよいようねりだした新しい時代に、昂《たかぶ》っていたのだ。

そのときはまだ、うねりの端でひと跳ねした飛沫《ひまつ》に当たったに過ぎなかったことを、宗与は思い知ることになる。

十一月十三日、伊藤家にて御城将棋の内調べが行われた。

3

　御城将棋の日が定められたのは、八代将軍吉宗《よしむね》のころである。それまでは老中らと予定を擦り合わせて年ごとに日を決めていた。将棋家は何度も寺社奉行と連絡を取り合わねばならず、難事だった。

　御城将棋の当日、出勤の棋士は十徳に御紋付を纏い、明け六つ（午前六時）には大手門前に集まって開門を待つ。同じ日に御城碁も行われるため、八段目準名人の安井仙知《やすいせんち》をはじめ碁家の棋士も大手門前に集っている。碁の名人は将棋家よりさらに長く空いているが、それは碁家の権力争いが将棋家のそれとは比較にならぬほど熾烈《しれつ》であるためだった。

　とはいえ、名人が空きであっても碁家は柳営において将棋家より扱いが上である。名人になった鬼宗が碁家の後ろに並ぶのは、分かってはいても屈辱的なことだった。

　将棋家で鬼宗の次席である宗与は、胸の上に手を置いた。父が逝って何年かは、ここに立つだけで嘔吐《おうと》しそうなほど激しい眩暈《めまい》に襲われたものである。

　門が開くと、所作係である月番の寺社奉行の指示に従って黒書院の間に参る。中庭に面した十八畳の畳縁が対局に充てられた場である。下段の間に刀掛けが置かれているのを見て、宗与は内心で落胆の息を吐いた。前もって聞いてはいたが、今年も公方の上覧はない。

　落胆を面に出さぬよう、宗与は背筋を正し盤の前についた。御城将棋に用いる盤は毎年新しく用意され、側面には黒漆の蒔絵《まきえ》が施されている。駒は黄楊《つげ》で、書体は水無瀬《みなせ》。駒の並べ方にも作法があった。まず上手が玉を置き、次いで下手の玉、上手の金と一枚ずつ交互に駒を並べる。

駒を並べ終わると、所作係から開局を告げられた。早々と終局の手前まで進めてしまうのが、公方の上覧がない場合の習いである。御城将棋には二汁五菜の食事と菓子、さらには酒までもてなされるので、棋士はそれらを楽しみながら観戦に訪れた老中や若年寄を相手に将棋の手ほどきや、解説などを行った。

ことに英俊と宗金の右香落ちはなかなかの関心を集め、それだけは宗与の目論見通りだったが、先代公方のころと比べ観客に将棋の分かる者が少ないのがこの際ではありがたかった。観客は英俊の奇抜な序盤戦術に喜ぶが、その実際は下手の宗金が怒りに震えるくらい、無筋（将棋の理に沿わない手、または作戦）に過ぎなかったのである。

その日を思い出すと、宗与は頭を抱えたくなる。御城将棋の内調べは、通常二、三日前に行われる。対局場は三家が持ち回りで提供する決まりだった。今年の宅番は伊藤家で、公儀に提出する棋譜の書き上げも宅番の家が務める。

「これは宗金殿が怒ったようだ」

二局行われた将棋のうち、鬼宗と宗与の角落ちは早くに終局していた。六段目の宗与に角落ちで持将棋というのは、名人の将棋としてはまずまず妥当な結果である。

「指し手はむしろ緩めたように思えますが」

対局の終わった宗与らは、別室で英俊と宗金の右香落ちを検討していた。終盤の入口で、形勢は下手の宗金が優位に立っている。

「宗金殿はこの将棋を持将棋にするつもりだろうよ。上手が持将棋に緩めるならまだしも、下手がそれをやるのは怒っておる証拠だ」

宗金らしからぬ非礼だ。しかし、元を辿《たど》れば先に礼を欠いたのは英俊の方だと言えなくもなかった。香落ちの上手は、香を欠く不利を飛の利きで補うのが普通である。たとえば左香落ちであれば、振り飛車に構えるといった具合だ。本局は右香落ちであるから、上手は居飛車で応じるのが棋理に適った指し方で、実際はじめは相居飛車の出だしだったのだが、そこから英俊がひねり飛車の変化に出た。ひねり飛車とは浮き飛車の構えから、歩の上を滑るようにして三間《さんげん》へ振りなおす奇策である。宗金からすれば、侮られたとしか映らないであろう作戦と言えた。

「しかし、ふてぶてしいのはむしろ英俊かもしれんな。これしきで腹を立てて指し手を乱すようでは六段目とは認められん、そう言っているみたいじゃないか」

「まさか、英俊にそのような考えはありますまい」

言いつつ、宗与は胸の裡で苛立《いらだ》ちを募らせていた。英俊がどういうつもりであれ、これで宗金の六段目が見送られては不都合だ。

立会人の金五郎が新たな棋譜を知らせにやってきたのは、そのときだった。

「どうも大橋家が寄せを逃がしたって感じだな」

金五郎の持ってきた棋譜では、いよいよ上手の玉が捕まらない形になっていた。

「緩めるにしても、ちとつたないな」

鬼宗が落胆した棋譜を、御城将棋の観客たちは激戦と囃していたる。声にして責めはしなかったが、英俊がなぜこの大事な将棋で奇策に出たのか、問い詰めてやりたいのが本心だった。

結句、この将棋での大橋宗金の六段目昇段は見送られ、宗与が御城将棋にかけた目論見はふたつとも外れに終わった。


御城将棋の対局後は、老中、若年寄、そして寺社奉行宅へお礼に廻《まわ》った。なにごともなければ将棋家は暇を賜《たまわ》り、年中の仕事はおしまいである。暇とはいっても、後援者の主催する将棋会に棋士を派遣したり、地方を巡り新弟子の発掘を行ったり、将棋家の地盤固めにおいて重要な時期でもあった。

宗与は鐐英を連れ、所沢の福泉藤吉《ふくいずみとうきち》を訪っていた。福泉は宗与家の門人で、棋級は六段目、旦那芸などではなく正真正銘の力を持った強豪である。豆人と号し俳諧を嗜む文化人で、宗与からすればこの上なく好ましい人柄であった。

「本当だったらこちらから出向くところ、不調法いたしました」

「なにをおっしゃいます、将棋家においては技の優劣がすべてでございましょう。私にとって福泉先生はいまだ師のままです」

謙遜でなく、同じ六段目でも福泉と宗与では力の差があった。もっとも、宗与が福泉を訪ねたのは、世間話のためではなかった。

「今日は福泉先生にお頼みしたいことがあって参りました」

「頼み事ですか」

「はい。福泉先生には、大橋家の宗金殿と一局指していただきたいのです」

「宗金殿と、ですか。どこの将棋会でありましょうか」

「いや、将棋会ではありません」

先の御城将棋で、宗金は七段目の英俊を相手に右香落ちで持将棋となった。宗与はそれでも宗金の昇段を主張したが、鬼宗は内容の不足を理由に承知せず、宗金はいまだ五段目のままである。ただし、まったく昇段の目がなくなったわけではなかった。年明けに改めて試しの将棋を行い、その内容によっては六段目昇段を再審議する話となっている。その相手役を、宗与は福泉に頼みに来たのだった。

「そういう話でしたか。しかし、困りましたな」事情を聞いて、福泉は眉根を寄せた。「私も歳をとりましたもので、ほとほと足がやわになっております」

言って、福泉は膝をさする。明らかに、気乗りしない態度だった。

「お願いできませんか」

「申し訳ありません」

福泉は歯が痛いのを堪えるような顔をして、頭を下げた。ここまできっぱりと断られては、宗与も諦めるほかない。

「無理を言ったのはこちらの方です」

「こういうときにこそ恩を返さねばいけませんのに。しかし、どうして私なんぞを頼りにされたのですか。私くらいに指せる者でしたら、将棋家にはまだ何人かおりましょうに」

「それなりに込み入っておりましてな」

宗金の力を計るには、できるだけ棋級の近い相手が好ましかった。たとえば、九段目の鬼宗では段が離れすぎである。低段ならまだしも、六段目の力があるかを見極めるのに大駒落ちでは不確かだ。よって、七段目か六段目の者が相手をすることになるのだが、英俊は先の御城将棋のことがあるし、大橋家師範代の河島も同門であるからふさわしくない。残るは宗与と看佐だが、それぞれ力量に問題があった。宗与は六段目としては力が足りず、逆に看佐は強すぎる。

「私が相手役では、宗金殿が力を見せられるかどうか」

勝ち負けだけでなく、内容を見る将棋である。相手役を務める方にも力量が求められた。

「私が見ますに、七代目にはしかと六段目の力があります。そうだ、せっかく来られたのですから、一番教えていただけませんか」

「それでしたら、鐐英に教えていただけませんか。そろそろ私の飛落ちではしんどくなってきたころです」

「宗金殿の昇段より、そちらの方が大事ではありませんか。鐐英様、この爺《じじい》の相手をしていただけますか」

福泉は鐐英に向かって、相好を崩した。鐐英は小さく目を見開くと、背筋を正してお辞儀する。

「はい、私こそよろしくおねがいいたします。福泉先生は七段目にも近い力をお持ちだと聞いております」

「それは買い被りでございますが、加減はいたしませんから覚悟なされまし。では、盤と駒を持ってまいりますね」

鐐英と福泉は飛落ちで二局指し、いずれも下手が勝ちを収めた。内容も緩みない将棋で、初段の力を感じさせるには十分と言えるものだった。お弦の指導は、いまのところ良い方へ働いているようである。

「鐐英様はよう指されるようになりましたな。実を言うと、いくらか加減して指すつもりだったのですが、それがどっこい、本気でやっても勝てませんでしたわ」

福泉は赤ら顔をくしゃくしゃにしながら言った。もともとあまり酒の強くない男だが、年を重ねてさらに顔に出やすくなったようである。客がなければ普段は晩酌もしないのであろう、福泉の声は素面《しらふ》のときと比べて倍も大きくなっていた。

「いささか大げさでしょう。英俊やお弦が同じ年のころは、鐐英より香一枚は強かったものです」

「それこそ大げさというものですよ。言っておきますが、私は喜多やお弦を相手に飛落ちで本気になったことなどありませんよ」

「二十年前の先生がいまより香一枚強かったのではありませんかな」

香一枚弱くなった、というのは、ここ五年の福泉の口癖だった。読みの力は五十を過ぎれば少しずつ衰え始めるものである。その代わりに勘が働くようになるので、衰えがはっきり目に見え始めるのは、六十の手前からだ。香一枚というのは大げさとしても、年が明ければ五十九になる福泉は全盛の力を失いつつある。

「鬼宗殿も、本心はもう十年早く名人になりたかったでしょうな」

「どうでしょうか、あの人においては、あまり歳というものは関わりないようですよ。名人になったからには百歳まで生きて将棋の神妙を極めると言うておられました」

「ははは、それはあやかりたいものです」

ふと、宗与は違和感を覚えた。ほんの一瞬、福泉の表情に屈託の色が浮かんだような気がしたのだ。それは老いを嘆いているというふうではなく、もっと幼い後ろめたさを含んでいるように思われた。

宗与の様子が変わったのに気づいたのか、福泉が首を傾ける。

「七代目、何か気に障ることでも」

「そういうわけでは」取り繕いかけて、宗与ははたと口ごもる。脳裏にひとつの閃《ひらめ》きが走った。

「いや、やはりひとつお尋ねしてもよろしいか」

有無を言わさぬような、厳しい口調になっていた。福泉は喉仏を上下させる。にわかに重たい沈黙が落ちるその間、沙汰を待つような気の重たささを感じていたのはむしろ宗与の方だった。

「伊藤家ですか」

今度こそ、福泉の表情が曇った。

含むようなはっきりしない問いかけになってしまったが、十分だった。宗与にさきがけ福泉に連絡を取り、宗金との将棋を受けないよう要請したのは、鬼宗に違いない。ほとんど思い付きのような疑念が的を射ていたことに、宗与は眩暈した。悪い酔い方をしたときの、暗い水の中に沈んだような心地がする。

「むしろ、七代目はどうして大橋家の十一代目にそこまで拘りなさる。喜多次郎や伊藤家の次男坊は不足だとお考えですか」

酔いの覚めたような低い声音だった。福泉はもはや隠し立てするつもりはないらしく、目には力が宿っている。

「鬼宗殿がいよいよというときには、三家それぞれに八段目の棋士が控えている。それが将棋家のあるべき姿だと思うだけです」

「しかし、鬼宗殿の考えは違うようですよ。船頭が何人もいたら、ろくなことにならないと考えておいでだ」

鬼宗の描く時代と、己が描くそれが大きく違っていることは、早いうちから悟っていた。鬼宗にはやはり、伊藤家こそが将棋家を支えてきたという自負があるのだ。それは驕りではなく、事実である。民間の強豪棋士の挑戦をことごとく退け、将棋家の格を盤石にしたのは三世名人初代伊藤宗看であるし、大橋家に嫡子がなく断絶の危機にあったとき、養子を出してそれを守ったのも伊藤家だった。そのときに伊藤家から大橋家に移った大橋宗銀《そうぎん》は、のちに五代宗桂として四世名人を襲っている。節目というときに、伊藤家は将棋家内で大きな貢献を果たしてきた。

もっとも、鬼宗がこうまで宗金の昇段に難色を示すのは、大橋家に看佐の昇段を散々渋られたことも無関係ではあるまいが。

「七代目、これだけは言っておきますが、鬼宗殿は私に七代目の頼み事を断れなどとは言っておりません。ただ、しかと考えて決めるよう、釘《くぎ》を刺されただけです」

それでは断れと言っているも同じではないか、宗与は声を荒らげたいのを、やっとで耐えると、あえて剽《ひょう》げた調子で言った。

「いっそ、その方が堪《こた》えますすな。宗与家は一等大事な門人の心を伊藤家に逃してしまったというわけだ」

「からかうのはよしてくださいよ、私は死ぬまで宗与家の門人です。七代目が私を破門にするってなら話は別ですがね」

「そういう話なら、福泉先生にはうんと長く生きてもらわねばなりませんな」

福泉がやっと屈託のない笑みを見せたので、宗与は己も上手く表情を繕えているらしいと安堵《あんど》した。

「鐐英様はものになりますよ、七代目」

自分の発した声に聞き入るように、福泉はほう、と息を漏らした。

宗与はしかと頷く。福泉の言葉は、決して阿《おもね》ったものではないだろう。それでも、宗与の胸中には、暗澹《あんたん》と不安の霧が立ち込めていた。年明けには、宗金の六段目といっしょに鐐英の初段も試されることになっている。相手はあの、天野留次郎である。

年が明け、大橋家屋敷ではふたつの争い将棋が指されていた。ひとつは宗金の六段目を試す将棋で、相手役は宗与が務めることになった。手合いは平手、宗金が先手である。

もう一局は鐐英と留次郎の将棋で、こちらの手合いは半香《はんきょう》だ。香落ちと平手を一局ずつ指す半香は、どちらを先にするかで諍うことしばしばだが、今回は一局目に左香落ち、二局目に平手を指すことになっている。これを一勝一敗なら、鐐英の初段はまず認められると考えてよい。

ふたつの将棋は、同じ部屋で指されていた。盤と盤は一間ほど離れており、宗与と鐐英は斜に向かい合っている。子供らの将棋は進みが早く、局面はすでに終盤戦に移っていた。宗与と宗金の将棋はまだ序盤の駒組みが終わったところで、流行りの相懸かりではなく振り飛車の将棋になっていた。

少し前までは、振り飛車は先手後手ともに中央に銀を二枚並べるのが当たり前だった。盤の五段目を位と呼び、五筋の位で勢力負けしないことは最重要の棋理であるためだ。しかし、宗金の駒組みは二枚銀ではなく、美濃《みの》と呼ばれるものである。元は左香落ちの上手が趣向として使っていたもので、英俊はじめ若手の棋士がこれを平手でも使い始めていた。美濃は二枚銀に比べると中央の厚みに劣り、一見すれば頼りない。しかし、終盤の寄せ合いになると二枚銀より遥《はる》かに堅く、その差は金駒一枚ぶんにも感じられた。

美濃のように、新しい駒組みが試されるようになったのは、先代名人宗英のころからである。それまでは将棋と言えば駒がぶつかってからが勝負で、序盤は雑に指されるところがあった。

駒組みの研究においては宗与家が最も先んじており、宗英の名で定跡集を纏めた宗与も例に漏れない。この形なら、少なくとも上手の力不足を取り沙汰される将棋にはならなそうである。宗与は安堵し、隣の鐐英と留次郎の一局を気にする余裕まで生じていた。横目にかける盤面は、下手の鐐英がはっきりと優位に立っている。大きな悪手を指さなければ、勝ちを見込める形勢だった。

駒音がした。納得のいかない手だったのか、宗金はしかつめらしい顔をして動かしたばかりの駒を見据えている。宗与は隣の将棋から、自分の将棋へと意識を移す。まだまだこれからの将棋ではあるが、どちらかといえば宗与が指しやすい。宗与とて、家元の将棋棋士である。たとえ負けた方が都合の良い将棋であったとして、手を抜くつもりは毛頭なかった。そして、この日は、いつにもまして手が見えた。宗与の指し手に、宗金は苦悶《くもん》したように目を瞑《つぶ》る。

宗金が盤上に没頭するのを認めると、宗与はふたたび鐐英と留次郎が挟む盤を窺った。ちょうど鐐英の手が盤上に伸びるところだった。優勢を意識したのか、手堅く守りに行った印象の手に、宗与は胸にちらちらするものを感じた。

また駒音がして、宗与は鐐英らの将棋から目を離す。宗金は盤ではなく宗与の顔をじっと見据えていた。身が入っていないのを咎めるような強い眼差しから、目を逸らすようにして盤に目を落とす。読みになかった指し手に、宗与ははっと息を詰めた。好手のつもりで指した手が、実は読み抜けの悪手であった、というのはよくあることとはいえ、ひどかった。宗与は思わず頭に手をやる。

そんな場合ではないのに、また鐐英らの将棋に目が行ってしまう。なにをやっているのか、決め手に欠いている鐐英にやきもきしていると、留次郎がしれっとした手つきで勝負手を放った。下手は対応を誤ると、一気に優勢を手放してしまう。ここはしっかり時間を使い読みを入れて、などと自分が指しているかのようにのめり込んでいる宗与をすかすように、鐐英は少し考えるそぶりを見せただけで持ち駒を取る。

「どうなされましたか、宗与殿」

宗金に話しかけられなければ、あっ、と声を発していたかもしれない。否、対局中によそ見を指摘されること自体、あるまじき痴態である。宗与は顔が上気するのを感じた。

「申し訳ありません」

それだけ言って頭を下げると、宗与は今度こそ盤上に没頭した。歯の隙間に絡まった菜のごとく気になって仕方がなかった隣の盤面は、もはや頭の隅にも残っていなかった。留次郎の勝負手に対し、鐐英が正しい手で返したのを見届けたからだ。あの手が見えているのであれば、なんの心配もない。

一手緩みこそしたものの、この日の宗与は本当に調子が良かった。とはいえ、常にない力を発揮する宗与を相手に大橋家の若き当主も引けを取らない。中盤の勝負は誰の目にも六段目どうしの将棋として不足ない激戦だった。しかし、

「これまでにございます」

突然耳に飛び込んできた鐐英の投了に、宗与の気持ちはぶつりと切れてしまった。

通りは、出汁《だし》の底に沈んだようなぼんやりした色合いに染まっている。大橋家を出てから、親子は終始無言だった。天野留次郎との左香落ちを落とした鐐英は、続けて行われた平手も勝てず二連敗となった。片や宗与も中盤の半ばで崩れ、激戦をふいにしている。高段どうしの対局であれば、負け将棋としても投了図は一手違いの形を整えるものだが、それすらも望めない大差だった。

「申し訳ありません」

「どうして謝る」やっとそれだけ口にした鐐英に対し、宗与の口調はあまりにもそっけなかった。「私はおまえのなにを許せばいい」

鐐英はまた黙り込んでしまった。唇をぎゅっと引き結び、悔しさに耐えている。父として好ましくない振る舞いをしていることは分かっていた。それでも、宗与は鐐英に対するとき、心にさざ波が立つのを押さえることができない。

それが引け目であることに、宗与は気づいていた。家でなく将棋家すべてのために、そう口に出しながら、鐐英に対してだけは将棋所名人を襲ってもらいたいと望み、願っている。天野でもよい、とは思えなかった。

「一番目の香落ちは勝ちのある将棋でした」

「異なことを言う。おまえはそれが見えず負けたというのに。勝たぬうちに緩む心根の甘さが悪手を招くとなぜ分からぬ」

突き放すような言葉に、鐐英は俯いて唇を嚙《か》みしめた。

「しかし、父上……」

「それ以上申すな。言い訳など、耳が腐れる」

頭の上では、白けた夕焼け空に夜の藍が混じり始めていた。しかし、日の沈む方を見れば夜と夕の境目はくっきりしている。

それは将棋における勝敗の境のようだと、宗与は思う。なまじそれが見えてしまうから、指し手は惑うのだ。もしかすべてが、雪のごとき白であるなら。なににも惑わされず正しい手を探すことのみに没頭できるはずだった。

「果てしなき雪野を見晴るかすがごとく。鐐英、それこそが将棋の神妙なのだ」

思わず口をついて出たその言葉に、鐐英が顔を上げる。

「雪野を見晴るかす、ですか。私にはよく分かりません」

「……おまえには、望みをかけてはいけないということかな」

「そのようなことはありません。父上、私はいつか天野様に勝ってみせます。たとえ十度続けて負けても、最後の一番は私が勝ちます」

「そうか」

宗与はもう一度、西の空を見た。夕と夜の境の少し上、深みを増した藍の中に銀の粒のような星がひとつ浮かんでいた。

4

倉敷《くらしき》の香川英松《かがわひでまつ》、名古屋の内藤喜三郎《ないとうきさぶろう》など、遠方の強豪棋士も参じた青池の将棋会は、半数近い対局が終局し、十世名人鬼宗の講評が始まっている。勝負どころの局面に対して二、三言及するだけだが、それでも名人の名は大きく、対局者らは皆昂った面持ちで評を受けていた。

宗与の将棋も先ほど終局を迎えたところだった。家元の棋士として、背筋はぴんと伸ばしていたが、胸の裡は溜息で紙風船のごとく膨らんでいた。宗与が相手を務めた市川は、しかつめらしい顔をして黙り込んでいる。

将棋そのものは、三段差の上手として十分な内容を指せたつもりだった。中盤は厳しめに指して下手を適度に追い込み、終盤には痛快な好手に導いてやった。市川は宗与の用意した花道を、それなりに堂々と歩ききって快勝を収めている。

では市川がどうしてこれほど不機嫌を露にしているかというと、手合いに不服があるからだった。将棋の手合いは二段差を香落ち、四段差を角落ちといった具合に二段ごとに定めてあり、その間はふたつの手合いを交互に指す。三段差なら角落ちと香落ちを交互に指すのだが、市川は香落ちのつもりでいたようで、それが角を引かれたものだからおもしろくないのだ。ましてや、それでどちらに転ぶかの好勝負になってしまったのだからなおさらだ。この際では、それみたことか、と下手がつけあがるくらいに甘く指すべきだったのである。

「市川様、ご機嫌うるわしゅう」

ひとつ前に終わった将棋の講評を終えた鬼宗が盤のそばに侍《はべ》り、市川に向かって頭を下げた。将棋家も町民である以上は、武家を前にしては礼を無視することはできない。市川はやにさがった口調で手合いに対して文句を言うと、初手から将棋を並べ始めた。とはいえ、手順を完全には覚えられていないらしく、ときたま手を止めて目顔を送ってくる。その都度宗与は読み筋を披露するふうを装って、市川が指した手を示さなくてはならなかった。

「私としては次にこの歩を突ければ悪くないと見ておりましたので、市川様がそれを防がなかったのが意外でした」

「別に歩をうっかりしておったわけではない。玉から遠い位など、渡しても効かぬとあえて放っておいたのだ」

「ふむ、市川様は強い気をお持ちですな。しかし、この伊藤宗看が思うに、角落ちは辛抱の将棋ですぞ。ここで位を保っておくのは定跡の教える一手です。定跡の通りに指すのではつまらぬ、というのは未熟者の言でありますよ。まず定跡の意を知ること、それに優る精進はありませんかな」

「名人が言うのであれば、そうなのだろうな」

ふん、と鼻を鳴らし、市川はふたたび駒を動かし始める。宗与が下手を苦しめるために指したところを過ぎ、終盤のとある局面で鬼宗が片手をあげてそれ以上盤面を進めぬよう指示した。

「このあたりで、市川様は名角に気づかれたのではありませんかな」

「いや、この三手前に見えておった。それまでは少し苦しい形勢と悲観しておったが、我ながらようこの角を見つけたものよ」

得意げに鼻を膨らませる市川に、鬼宗はそうでありましょう、と大げさに頷く。そこからは宗与に代わって鬼宗が駒を動かし、数手進んだところで件《くだん》の角打ちの局面を迎えた。市川は実戦とそっくり同じく指をしならせ、角を盤上に放した。

「どう応じても上手が窮しておりますかな。この角はご自慢なされ、十世名人が一筆添える名角でありますよ」

名人の激賞に、市川はさすがにはにかんだ表情を浮かべる。

「言うほどでもないわ、このくらいの角は三段であれば見えて当然というものよ。それより、将棋家では待ち駒を禁じておらぬのか」

「待ち駒を禁じる、とはさて、どういうことでございましょう」

意とするところが分からぬ、と言いたげに鬼宗は目を丸くした。否、分からぬふうを装って取り繕ったその表情が、未熟者を嘲ったものであることは、鬼宗を知る者からすれば一目瞭然だった。

「ここから少し進んだ局面で、上手に待ち駒をされたのだ。待ち駒は汚き手であろう」

市川の言う待ち駒とは、玉の逃げ道をあらかじめ塞ぐ手のことである。王手、王手で一方から追い回すのでは、上手い寄せとは言えない。二方向から包むように迫るのが正しい玉の寄せ方だが、民間の低棋力者の間ではどういうわけかそれを卑怯《ひきょう》とみなし嫌う風潮があった。当然、棋理からは程遠い妄言である。

「市川様、将棋にあるのは良い手と悪い手、それだけにございます。汚き手というのは、手の見えておらぬ者の言い訳に過ぎませんな。待ち駒がいけぬ、などという棋理に反した考えはここにてお捨てなさい。すれば、たちまち半香強くなられましょう」

「半香強くなれば、四段だな。書いてくれるのか」

「三段の免状であれば、すぐにでも出しましょう」

「そうやって一枚ずつ免状代をふんだくるつもりであろうが」

「ふはは、その通り、その通り」

まんざらでもないというふうに、市川は口の端を曲げてみせた。さっきまでの不機嫌は、さっぱり消えて失《う》せている。市川を容易《たやす》く籠絡してみせた鬼宗の能弁に、宗与は内心舌を巻いた。

「ところで、将棋家には女子の弟子がいるらしいな」

「分家の弦女ですな。七段目英俊の妹でございます」

「按摩《あんま》の相手をしておったようだの。棋譜を読む声が聞こえた」言って、市川は襖の方へ目を向けた。「どのくらい指せるのだ」

「まあ、初段ほどとしておきましょう」

「下駄の初段か。手も空いておるし、一番相手してやろうか」

「あちらの将棋も終わっておるようですが。しかし、いまから指すのでは、指し掛けとなりますよ」

「一手を十数えるうちに指せば、早々と終わる」

女子相手ならそれで十分だと言い添えて、市川は鬼宗の方に身を乗り出す。と、会の主催者である青池が気づいて近づいてきた。

「なにやら、おもしろそうなお話が聞こえましたな」

「これは青池様、素晴らしき会にお招きいただき、ありがとう存じます」

この日だけで三度目となる感謝を述べながら、鬼宗はお辞儀をした。頭が棒で繋がっているみたいに、宗与も同じく頭を下げる。

「名人をお招きできて、光栄なのは私の方ですよ。そればかりか、私は今日、十二世名人を相手に指したのかもしれません」

青池の相手役を務めたのは、宗与家の嫡子鐐英である。飛落ちでこてんぱんに負かされたと、青池は大笑した。

「さて、市川様はここで御好を一番指されたいということですが」

「うむ、障りなければぜひ」

「見て回ったところ、もうしばらく掛かりそうな将棋もありますし、良いのではありませんかな」

鬼宗を窺う青池の目が、ちらと光ったように見えた。江戸で最も大きな財をなすこの札差は、将棋家が市川に甘そうな匂いを感じているのを察しているのだ。

「青池様が良いとおっしゃるなら、こちらもお断りする理由はありません」

言って、鬼宗は宗与に目配せする。宗与は市川に向かって一礼すると、お弦を呼びに行くため腰を上げた。

お弦と市川の挟む盤に、対局の終わった棋士が何人か集まってきていた。手合いは香落ち、上手を持つのは市川である。お弦は宗与の方を見て、目元だけで笑ってみせた。ちゃんと上手くやるから、そう言いたげな仕草だ。

「すいやせん、できたら棋譜を読み上げちゃもらえませんか」

観客のひとり、石本《いしもと》は特に恐縮したふうもなかった。さっきまでお弦の相手をしていたこの盲人の棋力は、市川と同じ三段。段位と実際の力が見合っていないのも同じだが、市川とは逆に三段を優に超える力の持ち主である。

「市川様の気が散りはしませんか」

宗与が尋ねると、市川は問題ないと右手を挙げた。その動きのまま、初手を指す。宗与はほかの将棋の障りにならないくらいの、それでいて不明瞭にならないような声量で棋譜を読み上げる。市川は先に言い放した通り、一手に十もかけず早指しした。お弦も同じくらい早く指したので、読み上げは忙しくてならなかった。

「下手はじっくり考えても良いのだぞ、指し手が雑になっておるわ」

宗与は首筋に浮いた汗を、掌で拭う。読み上げに追われたわけではなく、お弦の指し手に嫌な予兆を感じ取っていた。初段を装うとしては、明らかに手を抜きすぎている。

「なんともぬるいの。まるでこちらが駒を引いてもらっておるような心地だわ」

市川の好調な攻めが続き、形勢はじりじりと離れていった。お弦の手には勢いがなく、ただ眼前の攻めを防ぐのにめいっぱいといった惨めさが漂っている。しかし。

金駒一枚をただで取られ、いよいよ観客から失笑が漏れ始めたところで、お弦の指し手が豹《ひょう》変《へん》した。低段の者には自棄《やけ》を起こしたとしか映らないのであろう、市川はあからさまな侮蔑の色を顔に浮かべている。それが焦燥へと変わるのに、何手もかからなかった。市川の手はたびたび止まり、自分から言いだした十数える間に指すという決めは、守っているつもりだとすればひとつが手水を使いに行けるほどの長さである。

お弦はまた、宗与の顔を見て目を細めた。まるで子供が大人に悪戯を仕掛けているときの目つきだった。宗与が目顔で叱りつけると、それはまったく気づかないといった体で盤に目を落とす。上手は中盤戦で得た利の大半を吐き出してしまっていた。

終盤に入ると市川の指し手は、それこそ自棄に陥ったとしか思えないほど荒々しくなった。一目には強気に斬り合っているように映るが、しっかり読みを入れれば無理攻めである。それでも攻めていれば気が大きくなるのが弱い将棋指しの特徴というもので、一手指すごとに形勢を損ねているにもかかわらず、市川の手つきは力強さを増していった。そして。

それまでの盤に叩きつけるような手つきとはうって変わった静かな動きで、市川は持ち駒の銀を盤上に放した。待ち駒の手筋で、お弦の玉に対して一手すき（次に手番が回ってくれば、王手の連続で相手玉を詰ますことのできる状態）である。この待ち駒に関してだけ言えば、十分に褒められる一手だった。ただし、低段の棋士としては、である。この局面で市川の玉に長手数の詰みが生じている。

しかし、お弦は市川と同じく待ち駒を設置して手を渡す。あえて詰みを見逃したことは、その取り澄ました表情からも明らかだった。

一手すきのまま手番の回ってきた市川は、安堵したように天井を仰ぎ、指がわななくのを抑えるように一度拳を握りこめると、慎重な手つきで王手をかけた。

「これまでにございます」

少しだけ考えるふりをしてから、お弦は頭を下げた。市川はそれに応じず、

「本当に詰みの手順が分かっておるのか。なんとなく詰みそうだからで駒を投げておっては読みが深くならんぞ」

言って、嘲るように鼻を鳴らした。

この場にあって市川の倍も胸を撫でおろしたい心境だった宗与は、ここぞとばかりに声を励ます。

「下手にも見せ場を作ったうえで、最後は綺麗《きれい》な手勝ちに収める。見事な指し回しでございました、市川様」

「これしき、わけないわ」

視界の端で、お弦が眉を弓形にしならせる。宗与は額に手をやり、親指でこめかみを捏ねる仕草をした。

年始の将棋会の後、大橋家の宗金は宗与家に対する態度をわずかではあるが軟化させた。お弦の市川に対する振る舞いを気骨ありと称賛したのである。また、宗与との平手戦が認められ、六段目昇段が決まったことも無関係ではない。ともあれ、両家の関係はいくらか修復され、この日もお弦と鐐英が出稽古に呼ばれていた。

「今日は上手くやらなくてもよろしいですか」

言って、お弦は悪戯っぽく目を細める。お弦の上手くやる、が生んだのは、良い結果ばかりではなかった。あの将棋は市川にとって嫌な思い出となったようで、御三卿の家臣である市川とよしみを作る目論見は、少なくとも宗与家にとっては露と消えてしまった。

「その必要はないよ、六段目が決まったからと緩んだりせぬよう、鼻っ柱を折ってやりなさい」

「では、思いっきり指してきます。でも、留次郎を泣かしてやれないのはちょっと残念」

「天野め、今度はなにをやって宗金殿を怒らせたのだろうな」

大橋家の内弟子である天野留次郎は、現在宗金から対局禁止の罰を下されている。お弦に懐いている天野にとって、せっかくお弦が出稽古に来ているのに相手をしてもらえないのは歯がゆいだろうが、なんだかんだ弟子に甘い宗金のこと、一局くらいは許しを出すこともありえなくはない。

お弦が大橋家へ出かけたのと入れ違うように、宗与家に客の訪いがあった。芝神明《しばしんめい》前の銘酒屋の娘で、宗与家に文を預かってきたという。

「この家で一番強い将棋指しに渡してくれだってさ」

ねっとりと、鼻にかかった声だった。離れて立っていても、つんと甘い香りがした。頰骨の浮いた顔は酔ったように仄赤く、首をわずかに傾けてしなを作っている。

「そんな遠いところから、ご足労をおかけしました。ときに、この文はどなたから預かられましたか」

「さあね、知らない人だったわよ」

白々しさを隠そうともせず、女はそっぽを向いた。横顔を向けるとぷっくり大きな下唇が強調されて、あどけなさを感じさせた。二十歳を過ぎているように思えたが、この横顔を見るにずっと若いのかもしれない。

「ところで、大橋分家は誰にでも将棋を教えてくれるのよね。お駄賃代わりに教えてちょうだいよ」

父に倣い、宗与も乞われれば誰にでも将棋を教えることにしていた。とはいえ、父のころに比べれば宗与家に将棋を教わりに来る者はずいぶん減ってしまったが。

「将棋はどのくらい指されますか、ええと……」

「菊《きく》。どのくらいかは、よく分からないわ。ちょっと前から教わり始めたところだもの」

口調こそすげないものの、やや気恥ずかしそうに口を尖らせる仕草から、おそらくは付き合っている男から教わったのだろうと察せられた。覚えたてなら八枚落ちが妥当だが、駄賃代わりなら平手で緩く指してやるのがいいかもしれない。と、宗与はそこであることを思いつく。

「せっかくなら、うちで一番強い将棋指しを呼びましょうか」

宗与家の八代目として、英俊にも宗英の矜持《きょうじ》を継いでもらいたいと、常から思っていた。人付き合いを嫌って、人に将棋を教えたがらない英俊にとって菊はうってつけの相手だった。人見知りするくせ、伊藤家とつるんで悪所に通い詰めるくらいに女好きではあるからだ。

案の定、英俊は菊の婀娜《あだ》っぽさに舞い上がって、駄賃代わりには不釣り合いなほど、懇切丁寧に指導にあたった。犬が蚤《のみ》を飛ばすみたいに英俊の口からぽろぽろ出てくる世辞に、女が相手だとこうも口が動くものかと宗与は感心と呆《あき》れが相混ざった心境である。とはいえ、覚えたてというわりには菊の指し手はしっかりしており、英俊が褒めそやすのは世辞ばかりとも言いきれなかった。

「お弦が八つだったころと同じくらいの力はありましたよ」

一刻ほど将棋を指して帰っていった菊の技量を、英俊はそう判じた。民間だったら初段で通じる力である。宗与の見立てもだいたい同じくらいだった。

「しっかり教えれば三、四段くらいまでなるかもしれないね」

「格好からして家の身代もそれなりにありそうですよ」

菊を宗与家の門下に迎えたい、というふうな英俊の口調だった。一度は菊の実家を訪ねてみるのもいいかもしれない、宗与の方でもそう考え、さてその家はどこにあるのだったかと目線を斜め上にしたところで、菊が宗与家に来たそもそもの用事を思い出した。

「そういえば、あの娘はおまえ宛ての文を預かってきたのだった」

言って、宗与は菊から受け取った文を英俊に手渡す。それを開いた英俊は、見る間に表情を曇らせる。

「こいつは、俺宛てじゃあなさそうだ」

英俊は文をたたみなおし、そっとした手つきで宗与に返す。英俊に次いで文を開いた宗与も、その中身に目を瞬いた。

七六歩

一手に二刻以上はかけぬこと
駒を動かして考えぬこと
返事は芝神明前の池田《いけだ》まで

「俺が相手だったら、手紙将棋なんてまだるっこしいやり方で挑んでくる必要はねえでしょう」

やや右上がりの整った筆跡には、見覚えがあった。

第二章

1

花の季節も過ぎ、伊藤看佐の七段目と大橋宗桂の六段目が寺社奉行に届けられた。看佐の昇段は昨年のうちに決まっていたもので、月番の寺社奉行、土井は特に異存もなく届けを受理した。

その土井家の用人である鷹見十郎左衛門と出くわしたのは、中橋広小路にある大橋家屋敷に向かう途中のことだった。

「鷹見様ではありませんか。お久しゅうございます」

お弦に声をかけられた鷹見は、はじめ訝るような表情を作ったが、やがてなにか閃いたように頷くと愛想よく目を細めた。

「西洋将棋の件では、ずいぶんと助けられました」

一年前、鷹見は西洋将棋なるものを宗与家に持ち込み、定跡を作ってほしいと頼んできた。以来土井家は将棋家の中でもとりわけ宗与家を懇意にしてくれるようになったのだが、それが種となって大橋家との関係が悪くなってしまったのは痛《いた》し痒《かゆ》しである。

「こちらから声をかけておいてなんですけど、覚えていてくださったのですね」

会ったのは鷹見が最初に宗与家を訪れた一回だけである。よく顔を覚えていたというならお弦もだが、なにせ大名の家臣である鷹見は関わる人の数が違う。忘れられていても怒るところではない。

「髪が違うので、すぐに気が付きませんでした」

言われて、うなじのあたりに手をやった。無精なお弦は、普段髪を結いあげていない。

「弦女殿は目鼻がくっきりしておられるから、そういう髪もよく似合いますね」

「字が汚いのを褒められてるみたいな、妙な心地がしますわ」

英俊がぎょっとした顔をして振り向く。軽口ひとつ叩いたくらいで、取って食われることもあるまいし。兄のこういう小粒さが、お弦には鬱陶しくて仕方がない。

「大橋家に向かわれる途中ですかな」

「はあ、出稽古でございます」

「それは大事なご用事ですね」

含みありげな、ありていに言えば当てが外れてしまったというふうな声音だった。英俊が恐縮した態度で鷹見に話しかける。

「もしか、なにか言いつけたいことでもおありですか」

手をこまねいて上目遣いに鷹見を窺う英俊の姿はいかにも卑屈であった。嫌な予感が、こみ上げてくる。話さなくてはいけないときには黙っているくせに、しまっておいた方がいいことは口にする、英俊の悪い癖が出そうな気がしたからだ。

「どうしても、という用事がなければ、弦女殿に長崎屋までご一緒願えないかと思ったのですが。ここで偶然会ったのも縁のようなものを感じまして。いや、勝手な思い付きでした」

長崎屋は、日本橋本石町《ほんごくちょう》の角に構える薬種問屋である。この商家には江戸の出島《でじま》という呼び名があり、阿蘭陀《おらんだ》商館長の江戸参府の際には定宿として使われた。ちょうどいま、その江戸参府の一行が滞在しており、店の周りでは蘭人《らんじん》を一目見たい野次馬で門前市をなしているはずだ。

長崎屋と聞いて、好奇心が頭をもたげるお弦だったが、この日は留次郎にとことんまで教えてやると前の出稽古のときに約束している。それからこちら、留次郎が庭掃除等の雑事を真面目にやっていると聞かされていたし、お弦としても楽しみにしていた出稽古だ。放り出して鷹見の用事に付き合うという頭はなかった。

「お役に立てませんで、申し訳ございません」

自分でも思いがけぬほど謝罪の声は殊勝な響きを帯びていたが、申し訳ないというより、残念さが勝っていた。ひょっとしたら蘭人を間近で見る機会だったかもしれない。お弦が頭の中で、きっとこんなふうだろうという蘭人の顔と留次郎の顔をぐるぐるさせていると、英俊が慌てた口調で割り込んできた。

「ちょいと待ちねえ、お弦。おまえ、もしか鷹見様のお誘いを断ろうってのかい」

「だって、留次郎との約束の方が先だったじゃないの」

「馬鹿、子供との約束を優先するやつがあるか。大橋家には俺が話をつけておくから、おまえは鷹見様にご一緒しな」

子供の約束などと軽んじたことを言われ、お弦は自身も胸の裡で留次郎と蘭人を天秤《てんびん》にかけていたのを棚に上げて、むっとする。

「英俊殿、無理にお願いするつもりはないゆえ……」

英俊を宥《なだ》める鷹見は、困惑を通り越して迷惑そうですらあった。しかし、こういうときに人見知りは意固地を見せる。

「いいえ、鷹見様。ここは大橋分家八代目跡目としての矜持ってものがございます。だいたい、本家はそっちの都合で来い、来るなと身勝手も甚だしい。いっそいい機会だ、こっちだっておとなしいばかりじゃないんだぞって示してやりますあ。だから、鷹見様。この英俊の顔を立てると思って、どうぞこの弦女をどこへなと連れてってください」

一旦舌が回りだすと、こうである。鷹見の前でなければ、その丸い頭をひっぱたいてやりたいところだった。とはいえ、これ以上鷹見を困らせるわけにもいかず、

「ご迷惑でなければ、長崎屋までご一緒させていただきます」

言って、お弦は丁寧にお辞儀する。留次郎には今度しっかり謝って納得してもらおう。それはそれとして、やり切ったような顔をしている英俊には、きつい眼差しを向けておく。

「こちらの都合を押し通してしまったようで、かたじけない」

「いいえ、とんでもないことです。ですが、大橋本家がうちに対して居丈高《いたけだか》な振る舞いをとるこ

となどございません。それだけは、申し上げておきます」

視界の端で、英俊が気まずそうに目を逸らしたが、お弦にはもうどうでもよかった。それよりもお弦の関心はいま、鷹見が抱える一寸四方ほどの四角い包みへと注がれている。


いざ向かい合うと、空と同じ色をした瞳には少し気後れした。肌の色は、たとえば鐐英の色白とは質が異なる。鐐英の肌は綿の花みたいな象牙味を帯びた白さだが、蘭人のそれは桜の花に似ていた。

見た目以上に隔たりが大きいのが、彼らの発する言葉だった。長崎屋で鷹見とお弦を迎えたのはふたりの蘭人と通詞であったが、顔に大きな傷がある方と、太りじしの方、どちらの名前もお弦にはさっぱり聞きとれなかった。手振りからおそらく名前を名乗っているのだろうと察する場面こそあったが、はたしてどこからどこまでが名前だったのかも判然としない。駒音だけ聞いて指された手を当てる方が、いくらか容易な気さえする。

「こちらが、将棋の達人であられる弦女殿です」

ふたりの蘭人と同じ、風がぴいひゃら吹くみたいな言葉を使っていた鷹見が、唐突にお弦の分かる言葉を発した。挨拶を促しているのだと気づき、お弦は手を膝前につき頭を下げる。阿蘭陀の作法など知らなかったが、まごついたって仕方がない。こちらのやり方で間違っていたら、それは前もって教えてくれなかった鷹見の落ち度というものである。

お弦が顔を上げると、蘭人の表情はさっきとは変わっていた。笑顔であることくらいは、さすがに察することができる。

「弦女殿の堂々とした振る舞いに、感心されているようです」

蘭人と初めて相対した者は、もっと縮こまってしまうものだと鷹見は言い添えた。あたしだって、物怖《ものお》じくらいしているわよ。言ってやりたいのを辛抱して、お弦はにこり微笑《ほほえ》み会釈を返す。頃合いよしと、鷹見は提げてきた包みをほどいた。目に飛び込んできたその美しさに、お弦は息を吞む。市松模様の表面は鏡のように磨かれ、駒は透き通ったギヤマン製である。鷹見は西洋将棋の道具を蘭鏡の十分の一ほどの値段だと言っていたが、この道具は別であろう。

鷹見が西洋将棋の盤を太りじしの前に動かしたのを見て、お弦はそちらが対局者かと悟った。甲高い声でなにか話しかけてきたが、なにを言っているかは当然分かるはずもない。

「先手を譲ってくれるそうです。青い方の駒を使ってください」

鷹見の助け舟に頷いて返すと、お弦はさっそく大将の駒に手を伸ばした。指が通り抜けそうなほど涼やかなギヤマンの駒は、鷹見が懐にしまっていたからかほんのりと温かい。盤に置くと、かちっと小気味の良い音が鳴った。互いにひとつずつ駒を並べるといった作法は、少なくともこの場ではないらしく、蘭人はどんどん自陣の駒を配置につけている。

これも必要なのか分からなかったが、一礼してから初手を指す。真ん中の歩兵をふたつ進めたその手に、蘭人は眉を顰めた。もしか、この初手は定法から外れているのか。手ずから編み出した西洋将棋の定跡にお弦は早くも不安を覚えたが、蘭人の応手は想定した通りのものだった。

手が進むうちに、指す前に眉を顰めるのは、蘭人の癖であることに気が付いた。こうした癖を見抜くことは、対局において存外馬鹿にできない技術である。癖から相手の呼吸をつかみ、乱してやるのが奥義だ。

とはいえ、西洋将棋は初の実戦となるお弦に、奥義の見せ場など巡っては来ず、一局目は大敗を喫してしまった。続けて指した二局目は勝負形こそ作ったものの勝つまでには至らず、詰み逃しの引き分けに終わった。負け、引き分けとくれば次は勝てる。そう意気込むお弦に対し、対局者の蘭人は首を振って言った。

「そろそろ、きつか」

蘭人の口から出てきたそれが、長崎の言葉であると理解するのには数瞬の間が要った。お弦が面食らっていると、

「ちっとね、分かることば」

蘭人は目を細め、手を差し出してくる。外国ではそういう挨拶があることを、ここに来るまでの道すがら聞かされてはいたが、いざとなると躊躇《ためら》いがあった。横目で窺うと、鷹見は小さく頷き返してくる。思い切って摑んだ蘭人の手はやたら温かく、握り返してくる力は痛いと感じるほど強かった。

長崎屋を出ると、陽は一番高いところを過ぎていた。太りじしの蘭人は対局が終わると早々と部屋を後にし、鷹見はお弦のことなど忘れたかのように顔に傷を持つ蘭人との会話に没頭していたので、しまいの方は眠気を堪えるのに必死だった。まだ目をとろとろさせているお弦に、鷹見

は後ろ頭を掻きながら言った。

「小腹が空きましたな。そこらで昼飯でもいただいていきませんか」

断る理由もなかった。呼ばれますわ、と二つ返事で答えながら、さては鰻《うなぎ》でも食べさせてもらえるのではないかと皮算用を始めている。鰻でなくてもなにか腹に溜まるものが食いたい口だった。が、鷹見がお弦を連れて潜ったのは、蕎麦《そば》屋の暖簾《のれん》だった。

なんだ、蕎麦かよ。そんなお弦の胸の裡を見透かしたように、

「ここの蕎麦は大層美味《うま》いですよ」

言って、鷹見は口の端を曲げた。実際、蕎麦は本当に美味かった。

「どんなにか美味いと言っても蕎麦は蕎麦だろうって軽んじていました」

出稽古をすっぽかしたお詫びに、留次郎を連れてきてやろう。出汁の香りを味わいながらそんなことを考えていると、はや蕎麦をたいらげた鷹見が、長崎屋でのことを話し始める。

「カピタンは次こそ負けると思って、三局目には応じなかったようですよ」

「たしかに、疲れたふうには見えませんでしたけど」

お弦の口調には、勝てなかった悔しさがありあり滲んでいる。

「私が指していたら、それらしい形にもなりませんでしたよ。もちろん、作っていただいた定跡で一通り練習はしてきたのですが」

鷹見は苦笑いした。驕りではなく、それはそうだろうとお弦は思う。定跡というのは単に手順を覚えれば良いというものではない。むしろ手順には現れない、切り落とされた枝にこそ棋理が

詰まっているのだ。

「今日の手合わせで、西洋将棋を指すことが将棋の方にも新たな学びをもたらすのだと感じました」

「そういうものですか。先にはそれぞれ似て非なるものだと聞かされた覚えがあるのですが」

「序盤から得を目指していく方針は将棋でも通用すると思います。将棋の序盤って、中、終盤と比べるとまだまだ軽く見られているところがありますから」

「奥の深い話は私には分かりかねますが、ともあれ西洋将棋を持ち込んだ甲斐はあったかと、溜飲の下がる思いですよ」

安易に分かった体を取らない鷹見の気質は、お弦には好ましく思えた。店を出、宗与家まで送ってくれるというのを断りきれなかったのは、つまるところ名残惜しいというのもあった。

「私、民間の将棋指しになりたいと思うことがあります」

江戸橋の袂に植わった柳の下で、将棋を指している男らがいる。面差しがやたら真剣なのを見ると、銭を握った印将棋（賭将棋）なのだろう。将棋家では厳禁とされているそれに、お弦はそれとない憧れを持っている。が、隣を歩く鷹見は違った意味でお弦の言葉を捉えたらしかった。

「やはり、軽んじた扱いを受けることがあるのですか。たとえば、女子であることを理由に高い段を認められないとか」

声をうんと低くしてそんなことを言われ、お弦は危うくつんのめって転びそうになった。印将棋が羨ましかっただけのお弦からすれば見当違いだが、宗与家が抱える秘密をずばり言い当てている。的を外した矢が、後ろの茂みに隠れた獲物をしとめた、というようなややこしい話である。

とはいえ、黙っていては話がさらに拗れそうなので、お弦はわざと剽げた声を作って言った。

「あたしが将棋家の門下でなかったら、印将棋でどれだけ稼げるかしらって思うと、胸が切なくなります」

ふと、本当に切ないものがお弦の胸にこみ上げてきた。世間には女子が秀でることをおもしろく思わぬ輩《やから》が多くいて、それは武家など身分が高くなるにつれ顕著だった。宗与がお弦を初段のまま留め置くのは理があってのことと承知しているし、不服に感じたこともなかったが、はっきり軽んじた扱いと声にされてみると、奥歯がむずがゆいような心地がしてくる。

なんだか、この話はうんざりだ。お弦がそう思っているのを察したみたいに、鷹見は話の向きを変えた。

「ところで、私は将棋に雪の字を当てた駒があればよいのに、などと考えてしまいます」

「雪の字を持つ駒でございますか。それは風情があっていいですね」

「雪が六弁の花の形をしていることは、前にお話ししましたか。金や銀の動きを参考にして、前後三方に一目ずつ進む駒ならどうか、などと詮ないことを考えてしまうのです」

鷹見の示した雪の駒の動き方は、古将棋にある猛豹《もうひょう》という駒とそっくり同じだった。さらに猛豹の動きを左右にした飛鹿《ひろく》という駒もある。それを指摘すると、

「ふむ、それでは新たに雪の名をつけることはできませんな」

鷹見は残念そうに苦笑いをした。だいたい、猛豹も飛鹿も動き方を図に示すと、四角ばってあまり六花というふうでもない。

「傾けてみたらどうでしょう。方位で言うと、子《ね》、午《うま》、卯《う》、酉《とり》に、丑寅《うしとら》と未申《ひつじさる》」

鷹見はしばし目線を上にしてから、おお、と声を発して頷いた。

「それは妙案です。より六花に似て美しい」

「ときに、その駒はなんという名前になりますか。雪花《せっか》とかだと、そのものすぎておもしろみがありませんし」

「雪花はいけませんか。まさにそれを名付けておったのですが」

まずいことを言ってしまったか。お弦が取り繕う言葉を探している間に、鷹見は新しい名前を思いついたらしく、

「柳雪《りゅうせつ》。というのはどうでしょう」

と、自信ありげな顔と口調で言うものだから、お弦は思わず吹き出してしまった。

「それって、さっき柳のそばを通ったから思いついたのではありませんか」

なにがそんなにおもしろかったのか自分でも分からなかったが、笑えて仕方がなかった。おかしいですか、と鷹見が後ろ頭を掻いてみせるのも、その後でまた思案顔になるのも、お弦の心をこそこそくすぐる。

「でも、柳雪というのは綺麗な名前だと思います。私は大層気に入りました」

「散々笑われた後では、素直に受け取ってよいものやら」

軽口を利きあっているうちに、浜町堀に掛かった橋が見えてくる。それを越せば宗与家の屋敷はすぐである。

「本当であればなにかお礼を用意しなくてはならないのですが」

鷹見はしかつめらしい顔をして言《い》い淀《よど》む。その歯切れの悪さは、宗与家が先のことで大橋家との関係を悪くしたことを含んでいる。

橋を渡り終え、お弦が立ち止まる。一歩遅れて鷹見も足を止めた。

怪訝な顔をする鷹見に、お弦は手を差し出す。

「この挨拶、ちょっと気に入ってしまいました」

お礼なんていらない、というつもりで出した手だったが、戸惑ったような鷹見の顔を見ていると、徐々にはしたない真似をしているような気がして、首から上が熱くなる。引っ込めようとした瞬間、それをぐっと引き戻すように鷹見がお弦の手を握った。

「今日は本当に助かりました」

「いいえ、あたしも楽しみました」

去っていく鷹見の背を見ながら、お弦はまた胸が切なくなった。手触りを確かめるように手を握りこめる。まだほんのりと、温かいような感じがした。

家を抜け出すのは、思ったよりなんてことなかった。屋敷は広さのわりに人が少なく、父は書斎にこもりがち。母は何年も前から、幽霊みたいに生きている人間とは営みが交わらなくなってしまっている。

大橋家の内弟子である天野留次郎と、夜中に家を抜け出して花火を見に行こうと計画しあったのは、三月《みつき》前の出稽古のときだった。できるはずがない、はじめはそう言って渋った鐐英だったが、できる、できないと言い合ううちにだんだんと気持ちが前向きになってきて、しまいには六月の十日に、と約束を取り付けてしまった。段取りでは、宗与家の前で鐐英が留次郎を待つことになっている。人の多い場所では上手く待ちあわせられる自信がなかったし、かといって人通りのないところは怖い。だったら宗与家の前が確実だとなったわけだが、そういう話にならなかったら鐐英はこの悪巧みには応じなかったかもしれない。

とはいえ、ねっとりまとわりつくような夜気に、鐐英はいっそ留次郎が約束をすっぽかしてくれればいいのに、と思い始めていた。あるいは、誰か家の者が出てきてくれないか、なにをしているのかと聞かれたら、実は野良猫に餌付けしているのだと言ってごまかし、そのまま家の中に戻ろう、といったことを考え、つまるところすっかり悪事に怖気《おじけ》づいてしまっていた。

しかし、ここで百数えてから家の中に戻ろうと決め、心の中でひとつ、と唱えたところで塀の陰から灯《あか》りがひとつ現れた。

「それ家の中で使う灯りじゃないか」

鐐英が携える手燭《てしょく》を見て、留次郎は呆れたように眉を吊《つ》り上《あ》げた。

「いけませんでしたか」

「うん、人がたくさんいるし、明るさも足りない。それはここに置いていって、留次郎の灯りをいっしょに使いましょう」

しくじってしまった、鐐英は肩を落としたが、留次郎はそんなことはおかまいなしと急《せ》かしてくる。ふたりが花火を見に行こうとしている両国の橋詰は、ここからだと結構遠いのだ。留次郎はほとんど小走りのような早足で進むので、浜町堀が大川に突き当たるころには、体中が汗まみれになっていた。大川には屋形船が浮かび、人通りは昼間かと思うくらい多い。皆、暑くて寝付かれないから涼みに出てきているのだ。そう思ったら、せかせか走って余計に暑くなっているのが野暮ったいような気がしてくる。

「ねえ天野、実はそんなに急がなくても良いのではないかな」

「うん、留次郎もそう思い始めました。なんなら、花火はここからでも見えるでしょうし」

留次郎は浴衣《ゆかた》の襟を手ではためかせながら言った。鐐英も額の汗を腕で拭う。小走りをやめても、一度火照《ほて》った体はなかなか冷えず、汗はとめどなく溢《あふ》れてきた。心の臓も静まってくれず、胸の内側をせわしなく叩き続けている。拐《かどわ》かしにでもあったらどうしようか、ふとそんな怖い考えも頭をよぎったが、ちっとも背筋は冷たくならないので割に合わなかった。

「天野は怖くないのですか」

「もちろん、帰ったらどんなに叱られるかとひやひやしていますよ」

「そうではなくて、たとえば拐かしにあうかもとか」

「それは大丈夫だよ」

「どうしてそう思うの」

「どうしてかって、大丈夫だと思うからとしか答えられないけど」

埒も明かないことを話していると、大きな音がして行く手の空に浅黄色の花が咲いた。それは夜空を照らす月や星と違い、わが身だけをぱっと照らして消える気ままな光である。近くから、そして遠くから歓声が聞こえ、それに応じるようにまた花火が上がった。見物人たちが贔屓《ひいき》にしている花火屋の号をめいめい叫ぶのに張り合うがごとく、三味線の音色が屋形船から響いてくる。

「やっぱり、ここからだと少し遠いや」

言って、留次郎は歩幅を広くする。やっと火照りが引いてきたところなのに、胸の裡にそんな不平が浮かんだが、しかし灯りは留次郎が持っているので、鐐英はその背を追って小走りに駆けだした。

両国の橋詰に着くや、ふたりは誤算にぶつかった。ひとつは、留次郎が波銭一枚も持っていなかったこと。そのくせ、やたら食べ物の屋台に気を惹《ひ》かれるものだから、鐐英はさして食べたくもない団子や飴を買って留次郎と分け合わなくてはならなかった。しかも、申し訳なさそうな顔をしていたのは最初だけで、留次郎はだんだんと遠慮をなくして次はあれ、いやこっち、とねだってくる。

とはいえ、それは鐐英にとっても大した問題ではなく、困っているのはせっかく近くまで来たというのに、花火がかえって見えづらくなったことだった。見世物小屋や食べ物の屋台が並び、さらには振り売りまで集まってくる両国広小路はものすごい賑わいで、見えるのは人の頭ばかり。どおん、どおん、と花火の割れる音だけがかまびすしく腹に響き、食べたばかりの団子が喉にせりあがってきそうだった。

「誰か、肩車でもしてくれないかな」

花火が見えやすくなるところまで引き返そう、とはならないのがいかにも留次郎だった。鐐英は鐐英で葦簀《よしず》掛けの小屋から漏れてくる講談を拾い聞いていたので、できればもう少しここに留まりたい。というより、家を出て時が経《た》つほど、帰るのが怖くなり始めていた。来しな、留次郎は叱られるのが怖いと言っていたが、鐐英も同じ気持ちになりつつある。

「もう少しよく見える場所はないか、探してきます。鐐英はここで待っていてください」

「待ってください、灯りは天野が持っているひとつしかないのですよ。私もいっしょに行きます」

「このあたりは提灯《ちょうちん》がたくさんあって明るいから平気だよ。それに、すぐに戻ってくるから」

留次郎をひとりで行かせてはいけない。胸の裡が妙にざわめいたが、ちょうど講談が盛り上がりを迎えていたので、鐐英はうっかり留次郎を引き留めそこなってしまった。悪い予感ほど本当になるもので、講談が終わり、客が入れ替わって、二周日が終わるころになっても留次郎は戻ってこなかった。花火の見える場所を探すうちに、方角を見失ってしまったか。あるいは、橋を渡った挙句、人通りに阻まれこちら岸に戻れなくなったのかもしれない。だとしたら、こちらから探しに動くべきか、いや、下手に動いて行き違いになってはさらに面倒だ。鐐英が立ったり座ったりを繰り返していると、

「なんだい、見た顔だと思ったら、やっぱりじゃないか」

講談の小屋から出てきた男に声をかけられた。顔の真ん中に集まった目鼻を、さらにぎゅっと絞ったみたいに顰めているのは、伊藤家の後継ぎである看佐だった。思いがけない遭遇に鐐英が固まっていると、看佐の隣にいた女が小首を傾げながら言った。

「だあれ、この子。ずいぶんときれえな顔してるけど」

「宗与家の倅《せがれ》だよ。こないだ行ったとき会わなかったのかい」

「ああ、あの先生の子供かあ」

ねっとりとした目を向けられ、鐐英は少し嫌な心地がした。

「鐐英と申します」

「あたしは菊ね」

菊の体からは甘ったるい匂いが漂っていて、ますます胃が重たくなってきた。腹のあたりを手でさすっていると、

「で、おまえさんこんなところでなにしてるんだい」

ひとりみたいだが、と言い添えて看佐は周囲に目をさまよわせる。鐐英はしばらく黙って自分のつま先を見つめていたが、やがて本当のことを話すしかないと観念し、留次郎と約束して家を抜け出したところからいまに至るまでを白状した。話を聞いた看佐は目を丸くしたものの、怒るどころか感心したように笑い声を立てた。

「どうして、なかなか思い切ったことをするもんだ。見直したぜ」

「馬鹿ね。こういうときは、ふりでも叱るものでしょ」

菊に脇腹を小突かれ、看佐はわざとらしく仰《の》け反《ぞ》っている。ふたりのじゃれあう姿に、鐐英の胸はしくりと痛んだ。家に戻れば、父は怒るよりも失望を露にし、母に至ってはそんな感情すら抱かず、欠伸《あくび》をひとつしてしまいかもしれない。それは叱られるよりずっと大きな恐れとなって、鐐英の胸を噛んだ。

「あの、まことに勝手なお願いだとは存じておりますが、どうか天野をいっしょに探してはいただけないでしょうか」

「構わねえけど、ここに人を残してねえと天野がてめえで戻ってきたときに困るな。天野の顔を知らねえ菊はここに置いといても仕方ないとして、鐐英をまたひとりにするのも危なっかしい」

「だったら、あんたがここで待ちなよ。あたしとこの子でその天野って子を探しに行くからさ」

「女と子供だけってのも、危なっかしいなあ」

「んなこと言ったって、どう割ってもそういう組ができるでしょ」

結句、鐐英と菊がこの場に残り、看佐が留次郎を探しに行くということで話がまとまる。鐐英は内心でほっとしていた。実のところ、もう一回ひとりぼっちになるのが怖くなり始めていたのである。

「そういえば、花火をよく見たいからここまで来たんだよな」

言って、看佐は鐐英の前で身を屈めた。後ろ手で、乗れと誘う手振りをしている。不意のことで戸惑っていると、

「なんだよ、赤ん坊みてえに抱えられたいのか」

看佐が首だけ振り返って急かすので、鐐英はおずおずとその肩にふとももを乗せた。よ、と勢いをつけて看佐が立ちあがる。跳ねるように景色が動き、大人の尻ばかりだった視界がぐんと広がった。

水売りの声だとか、三味線の音色だとか、全部の音がうんと遠くから聞こえてくる。自分の胸の音だけが近かった。

「つれねえなあ。わあ、とか、きれえ、とかはしゃいでくれなきゃ、張り合いがねえや」

「肩車してるあんたは見えないだろうね。その子ったら、目ん玉きらきらさせてるよ」

菊がくすりと笑い声を立てる。瞬きの一瞬すら惜しかった。鐐英は目を開けるだけ大きく開き、夜空を見つめ続けている。

「ませたこと聞く子だね、あんた」

菊は細い眉を弓形にしならせる。鐐英は顔中が熱くなるのを感じた。自分でも、どうしてそんなことを聞いてみたのか分からない。菊とふたりきりになった途端、どうしようもない気まずさを覚えて、ふと頭に浮かんだことをそのまま口に出してしまったのだった。

「甘いもの、買ってあげようか」

菊は答えをはぐらかすように、話を変える。

「いいえ、ありがとうございます」

どちらかというと、妙な質問を流してくれたことに対してのお礼だった。菊からは相変わらず甘ったるい匂いがしてくるが、慣れてきたのか胸が悪くなることはなくなっている。葦簀張りの向こうからは講談が漏れてくるが、こちらは慣れというより飽きていた。

「金払わなくても、ここに突っ立ってりゃ丸聞こえだわねえ」

損をした、と菊は口を尖らせる。席料はせいぜい波銭五枚程度だろうから、損をしたというのはきっと講談が大しておもしろくなかったという意味だろう。実際、鐐英はもう三周通しで聞いているが、語り口はいまひとつ上手くないと気づき始めている。

「あの人のどこが好きなのかって、さっき聞いてくれたよね」四周目が終わりに差し掛かったところで、菊がぽつりと呟く。「あんまり強くない人が好きなのよ、あたし。たぶんだけどね」

菊は白々しく鐐英から目を逸らしている。看佐が強くないとはどういう意味なのか、鐐英はいまひとつ釈然としなかった。将棋の腕はもちろんのこと、振る舞いを見ても気ままそのものである。

「逃げたがりなのよ、あいつ。いざってときに踏ん張れないの。いつかきっと、あたしの前からもふっといなくなっちまうわ。だから、触れるうちは、べたべた触ってやるの」

子供には分からないだろうけどね、言い添えた菊は鐐英に向き直る。顔に張り付いた薄笑いは、子供を小馬鹿にするような底意地の悪いものではない気がしたが、ではどういう感情を隠した笑みなのか、鐐英には分からない。

看佐が留次郎を連れて戻ってきたのは、講談が終わって、客が入れ替わるそのときだった。

「こいつ、どこにいたと思うよ。そこの小話小屋の脇で膝抱えてむくれてやがるの」

聞けば、留次郎は早々に花火の見やすい場所を見つけるのは無理だと諦めたらしい。それで鐐英のもとへと引き返そうとしたのだが、人込みのせいで歩いてきた方向を見失っていた。なまじっか声のぼそぼそ聞こえる小屋だったと覚えていたせいで、自分が戻る場所を間違えていると気づかず、鐐英が勝手にいなくなってしまったと思い、あとは鐐英と似たような理由から小話小屋の脇から離れられなくなっていたそうだ。看佐は笑い話にしているが、留次郎はまったくおもしろくなさそうにそっぽを向いている。

「鐐英は本当に、ずうっと、この場所にいたのかよ」

いまだ納得いかないという体で留次郎は言った。まったくふてぶてしい態度だったが、それよりもいまは安堵で膝が震えて、立っているのにも気力が要った。

「さて、子供らよ。ほんとに怖い思いするのはこれからだぞ。分かってんだろうな」

看佐に脅され、留次郎は絶望的な表情に変わる。鐐英も肩が縮みあがるような心地がした。ほんの少し前まで違ったことを考えていたような気がするが、いまとなってはただただ叱られるのが怖い。目頭がつんとして、思わず天を仰ぐ。看佐と菊に挟まれるようにして歩いた家路は、足の重いことこの上なかった。だいたい、両国橋から山伏井戸までがうんざりするくらい遠いのだ。宗与家の屋敷が見えたころには、足の裏がすり減ってしまったみたいに痛かった。

「鐐英、どこに行ってやがったんだ」

門の前から人の形をした影が走り寄ってきて、鐐英の肩を摑む。目はとろとろしていて、英俊だと気づくのに間が要った。鐐英の肩を揺らしながら、絶叫に近い声を出している。

「おいおい、そんなでかい声じゃ、かえってなに言ってるか分からねえよ」肩を揺すられるまま、首を前後させている鐐英の代わりに、看佐が英俊を宥めすかす。「そいつらは悪くねえ。俺が花火を見に行こうぜって唆したんだ」

そうだよな、と看佐が目顔を送ってくる。英俊は一瞬きょとんと呆けてから、本当にそうなのか、と鐐英の両眼に眼差しを合わせる。鐐英は英俊と看佐を交互に見やる。留次郎の方はあえて見なかった。

「いえ、私が勝手に家を抜け出しました。看佐先生たちには、天野とはぐれて困っていたところを助けていただいたのです」

こずるい言い訳はするものか、鐐英は唇を嚙みしめる。英俊はしばし苦悶の表情で鐐英を見つめていたが、ず、と鼻を啜って鐐英の肩から手を離した。

「世話かけちまったな、定やん」

「言っとくけど、変な気ィつかうなよ。むしろ迷惑だからな」

留次郎を大橋家まで送らねばならないということで、看佐たちとは門の前で別れた。その背中が夜に溶けて見えなくなっても、鐐英はお辞儀をし続けた。どのくらいしてか、英俊の掌が肩に置かれる。

「言い訳に乗らなかったのは、良い根性だ。さあ、叱られに行くか」

英俊に伴われ、父と母の寝室へと向かう。心の臓はこの日のうちでも一番速く鳴っていた。襖の前まで来ると、英俊はゆっくり頷いた。ここから先は、ひとりで行かねばならない。

正座し、ひとつ息を入れてから声をかける。

「父上、鐐英でございます」

耳に届く自分の声は、ひどくわないていた。数瞬の間をおいて入れ、と声を返されたので、音を立てないように注意しながら襖を横に滑らせる。日線が畳の上を掃くようにして、宗与の膝を捉えたところで止まる。それ以上顔を上げることが、どうしてもできなかった。と、耳のすぐ横でなにかが割れるような音が鳴った。

「母上……」

自分を見下ろす母の、鋭くなった眦を見て鐐英はようやく頬を張られたことに気が付いた。両の目から仄温かいものがあふれ出す。母は毅然とした所作で踵を返し、父の隣に座った。

「みっともないことをしてくれたものだな」

常と変わらない父の声に、はっとなって前を向く。鐐英を見据える宗与の瞳は、霜が降りたように曇って見えた。

「叱る気にもならぬ。ともあれ、大事がなくてよかったわ」

叱ってもくださらないのか。失望されたと思い、深い落胆が襲ってくる。頬を流れる涙が生ぬるい。

「申し訳ありません、父上」

体中が粟立《あわだ》ち、汗を吹き出していた。頤《おとがい》を伝って畳にひとつ、雫《しずく》が落ちる。それが涙と汗のどちらであったのか、鐐英には分からなかった。

3

梅雨が明け、宗与家はまた頭の痛い事情を抱えることとなった。少しずつ修復に向かっていた大橋家との関係が、またしても拗れてしまったのである。大橋家の当主宗金は、お弦の出稽古を当面の間断る連絡をよこしてきた。

「表向きは天野への仕置きということになっているが……」

鐐英と留次郎が夜中に家を抜けて花火を見に行った一件は、大橋家では破門まで取り沙汰される大事として扱われた。それでは宗与家でも鐐英を同じだけ厳しく処さねばならないと説得し、なんとか破門まではとどまらせたが、代わりに下されたのが宗与家門下弦女初段との接触禁止である。破門からずいぶんかわいい仕置きに落ち着いた、と常であれば微笑ましく思うところだが、お弦の出稽古まで断る頑なさを示されては話が違ってくる。つまり、大橋家は留次郎への仕置きにかこつけてお弦を拒んでいるのだった。

「どういう道筋を辿ってか、弦女が鷹見様のご用事に付き添ったことが大橋家に伝わったらしい」

二月ほど前、お弦は鷹見と共に長崎屋へ赴き、そこで蘭人と西洋将棋を指した。その日お弦は大橋家から出稽古の招きを受けていたので、それをすっぽかした形である。まだしも、そのときに正しく事情を説明していれば良かったのだが、病欠と偽ったのがまずかった。

「宗与家は後ろ暗いところを隠している、そう勘繰られても仕方のないところだ」

「仕方なくなんてありませんよ。宗金が政治を厭うのは勝手だが、それを他家にまで強いるのはそれこそ筋違いってもんでしょう。ここはこっちも阿った態度に出ちゃいけませんよ、宗与先生」

英俊は忌々しげに舌を鳴らす。大橋家の一方的な態度に腹を立てている。大元を手繰れば、責任の多分は英俊にあるので、後ろめたさもあるのだろう。出稽古を優先しようとしたお弦を説き伏せ、鷹見に同行させたのは英俊だったし、大橋家に嘘の事情を説明したのも同様だ。それらをいまさらになって咎め立てるつもりもないが、軽率であったと言わざるをえない。

「大橋家が頑なだと言って、こちらまであながちな態度に出ては収まるものも収まらない。阿るようでも、ここは宗金殿が怒りを鎮めてくれるよう、はからうしかあるまい」

「はからうっても、なにか上手いやり方がありますかね」

「この際、私は隠居を考えている」

英俊がぎょっと目を見開き、宗与に向かって身を乗り出した。喉仏を上下させ、目はまっすぐ宗与を見返している。花瓶が倒れるのを見送るような目つきで、見返している。

「……本気ですか、それ」

「もとより、鐐英が初段に上がったら退くつもりだったのだ。それが少々早くなるだけのこと」

宗与が政治の力を振るい、将棋家の権力争いで優位に立とうとしているのではないかと大橋家は危惧している。その不信を払うには、宗与が当主の座から退くのが最も実のある対応だった。なにより、宗与家ではなく将棋家全体の利を重く考える宗与にとって、当主の座は頓着するものでもない。

「おまえの問題でもあるのだよ、英俊。宗与家八代目当主として、おまえには宗英の名を継いでもらう」

「宗英の名を……」

「生前に父がそう望まれたのだ」

大宗英の名を継ぐ重さ、宗与家の棋士ならば分からぬはずがない。英俊は半開きになっていた口を結びなおし、背筋を正す。

「心を入れ替え、励みます」

言って頭を下げる英俊に、宗与は頷きを返す。宗与が当主を退くのには、英俊に活を入れる狙いもあった。大橋家と宗与家の間に生じた罅《ひび》は、一方的なものではなかったのである。大橋家が留次郎の破門を沙汰したことに、宗与は失望を覚えていた。

「英俊、いま一度言うが、私はおまえだけではなく、宗金殿も次代の名人に擬していた。いや、むしろ宗金殿こそ十一世にふさわしいと思っていたのだ」

「それは……なんとなく察していました」

「大橋家が天野を破門にしようとしたことを受け、私は考えを変えた。天野の棋才は将棋家にとって稀《まれ》なるもの。あれがために、鐐英は名人を諦めることになるかもな。だからこそ、手放してはならぬ。一時の激情に任せて破門を沙汰するなど、短慮の極みだ」

大橋家のもとでは、強き将棋家は為らない。宗与は英俊を鬼宗の後継、十一世名人に推す決意を固めていた。当主を退くのは、表明でもあった。

「そういえば、花火の一件で宗与先生は鐐英を叱りませんでしたね」

重たい雰囲気に気おされたのか、英俊がそれとなく話題を逸らす。すぐに変われるものでもあるまい、宗与は表情を崩し、答えた。

「鐐英が気塞いでいたことに、私は気づいてやれなかった。あの一件で、責められるべきは鐐英よりもむしろ私の方だ。とはいえ、子供らだけで家を抜け出したのはいけないことだから、怒ったふりだけは繕っていたのだが」

なにより、あのときは無事に帰ってきたことへの安堵から、叱る気など失せてしまっていた。

宗与の独白に、しかし英俊は怪訝そうに眉根を寄せる。

「宗与先生、それはきっちり鐐英に伝えてあげましたか」

「まさか。それはさすがに子供に対して阿りすぎだよ」

「けど、叱られなかったことでかえって気重く感じたりすることもあるでしょう。父上は心配もしてくれなかったのか、って」

考えすぎだ、英俊の訴えを宗与はそう断じて取り合わなかった。

「分かっているとは思うけど、鐐英に話してはならないよ。どうもおまえは要らぬことほど口が軽くなる悪癖があるからね」

そういうところも、八代目となれば直していってもらわなくてはならない。英俊はいまひとつ得心していない様子だったが、長崎屋の一件が頭をかすめたのか、黙って頷いた。


宗与が当主を退くというのはさすがにただごとではなく、伊藤家の鬼宗、大橋家の宗金はそれぞれ真意を問いに宗与家を訪った。ことに宗金は取り縋らん勢いで翻意を求めたが、大橋家との関係が拗れていなければどんなにか涙ぐまれたことだろうと、宗与の心を切なくさせるばかりだった。

もっとも隠居を決めたからと言って、今日明日という話なわけもなく、細かい段取りの打ち合わせが必要である。さしあたり、来年の五月に大橋英俊改め宗英の弘めを行い、宗与の引退はそれ以降に日を定めるというふうに話が進められている。

「宗与先生は、このごろ鐐英に対する様子が変わられたようですね」

言って、お弦は茶碗《ちゃわん》に湯を注ぐ。屋敷内の長屋に暮らすこの娘は普段母屋には寄り付かず、鐐英に稽古をつけた日にだけ食事を共にする。宗与と不仲というわけでなく、単にそういう気性なのだった。

「私はなにも変えてなどいないよ」

お弦が言葉の裏に潜ませた意を察し、宗与はあえてすげなく答えた。甘い顔を見せるようになった、と言いたいのだろう。お弦の口元が緩んでいる。実際、鐐英が夜中に家を抜け出した事件は、父としてこれまでの来し方を見直す契機となった。鐐英とて世間の子供と同じような幼い欲求や不満を裡に持っており、己がいかにそれを見ずにきたかを、ようやく思い知らされたのだった。とはいえ、そういった心境の変わり目を外から悟られるのはいかにも気恥ずかしく、宗与ははぐらかすほかない。

「ときに、良い人とはどうなっているのかな、弦女」

お弦はいま、風変わりな将棋を一局抱えている。一手ごと文を交わし進められる将棋は、初手が放されてからすでに半年が過ぎようとしているが、局面がどうなっているかは余人には知らされていない。まるで奥ゆかしい恋のやりとりのようで、宗与は良い人などとからかうのである。

「宗与先生がうっかり読み筋を口に出されて、それが妙手だったりしたら、将棋が台無しになってしまいます。指し手を明かしたばっかりに、って泣きたくはありません」

「さて、私が弦女を凌ぐような読み筋を披露できるだろうか。そも、口を滑らせることもないと思うがね」

と、普段は食事の際に口を開かない鐐英が、珍しく嘴を挟み込む。

「私はこれまでに進められた棋譜を、弦女先生から教えていただきました。おもしろき将棋です」

相手は誰なのでしょうか、と言い添えて、鐐英は白々しく目線を斜め上にする。美麗な筆跡と、仲立ちをしている芝神明前の銘酒屋池田とよしみがあることから、文の向こうにいる相手を宗与は推して理解しているつもりだった。しかし、

「どうも看佐とは違う気がしています」

お弦は頰に手をやり、しかつめらしい顔をして鼻から息を吐く。

「看佐殿にしては指し手が冴えない、ということだろうか」

「そうじゃなくて。強いのはもうとんでもなく強いのだけど」

お弦の口ぶりは、相手が自分より格上であることを内心で認めているような、そこはかとない悔しみを帯びている。六段目の宗金を平手で負かすお弦が、負けぬうちから力を認めるほどの棋士。それがもしか将棋家の外にいるとすれば、由々しいことである。

「ちょっとおこがましい気もするのですが」お弦はいかにも気後れしたふうに顔を顰める。「名人かもしれない」

瞬間、宗与の思考はお弦の言葉を否定しにかかっていた。

「名人がどうして、そのような手間をかける必要があろうか。看佐殿でないとすれば、そうだ、宗寿《そうじゅ》殿ではあるまいか」

そうに違いない、言い添えて宗与は白々しく手を打った。伊藤宗寿は鬼宗の甥《おい》にあたり、二年

前に伊藤家が後継ぎの看理を亡くした際には後釜として最有力に目されていた男である。跡目争いにおいては看佐に敗れたものの、将棋の技は一流と言えた。

「だったら、こんなに悔しいことってありません。あたしより強い棋士といったら、名人に看佐、それと兄さんの三人だけのつもりでいたのに」

お弦はつまらなそうに溜息をつく。気兼ねから存分に力を発揮できていないとはいえ、英俊の技は当代において名人に次ぐものである。お弦の勝気な性分がわずかでも英俊にあれば。詮ないこととは知りつつ、宗与はやはり、考えてしまう。

「弦女先生には決して悟られぬようにしてください。もし知られたら、次からは秘密を預けてもらえなくなってしまいます」

会う人すべてが褒めそやす鐐英の美貌を、これまで珍しくも愛《いと》おしくも思うことはなかった。見目の良さが将棋になんの関わりがあろうかと、むしろ白けた心地すら覚えていた。しかしこの夜、盤を挟んで上目を向けてくる息子の姿は、どうしようもなく愛らしく感じられた。

「弦女に知られたら、私もおまえもそれは怖い思いをすることになるだろうね。しかし、将棋を台無しにされるやもというのはまったく杞憂《きゆう》だ。この将棋に私の読み筋が割って入る隙などあるものか」

宗与の段位は六段目だが、力を認められたというよりは、宗与家の当主として面目を配慮された意味が強い。しかし、もしも宗与に六段目として十分な力があったとしても、この将棋の読みについてゆくことは到底できなかったであろう。

妙手の応酬に舌を巻きながら、宗与は自らの抱えていた気がかりもまた、杞憂であったと胸を撫でおろす。

「先手は将棋家の誰かに違いあるまい。民間はこうまで細やかな序盤は指さぬものだからね。しかし、誰だろうか。言う通り、看佐殿の指し手とは異なって見えるが」

「父上はさきほど、宗寿様の名を挙げておられたではありませんか」

「ふむ。ほかには考えようもないか。しかし、宗寿殿の技がここまで練られているとは」

宗与の眉根に力がこもる。改めて伊藤家の層の厚さを思い知らされた心地だった。

「弦女先生がおっしゃったように、名人であるとは考えられませんか」

「それは……」

考えづらい、と言いさして宗与は口ごもった。鬼宗の考え方や行動は、ときとして宗与の常識からかけ離れている。なにがありえて、なにがありえないか、断言することはできなかった。

しばし考慮に沈んだのち、宗与は思い切るように首を振る。

「考えても詮ないことだな。それよりも鐐英、改めて伝えるが、私は近く英俊に跡を譲るつもりでいる」

宗与の言葉に、鐐英は深く頷いた。まじろがぬ瞳は、宗与の言わんとしていることを理解している証《あかし》だ。

「本来であれば、おまえが初段に上がるのを見届けてから、退く予定であった」

「父上が退かれるまでに、初段に上がってみせます。このさきは、父上の期待に背くようなことはなきよう、心がけます」

鐐英の言葉を受け、宗与はしかと頷く。が、同時に思いつめた口ぶりに違和感を覚えた。ふと、英俊に言われたことが頭をよぎる。花火の一件から、宗与は鐐英への接し方を心がけて変えていた。それを鐐英は失望されたと受け取っているのではあるまいか。叱られぬことがかえって気重、杞憂と断じたその言葉を反芻《はんすう》し、宗与は視界が激しく揺れるような感覚に襲われていた。

「そう気張ることもない。おまえの棋才を疑ってはおらぬ」

口調だけ以前のようにと厳めしく取り繕うが、動揺は声の揺らぎとなって表れた。もしか鐐英が宗与の失望を恐れ、心を磨《と》がれるような思いでいるのだとしたら。

「本心を申しますと、私は自分の棋才をどれほど信じればよいか、揺らいでおります。いまだ天野には一度も勝てておりませんし」

「おまえと天野、どちらの才が優るかを知るには、まだ十年も時が足りないだろう。それに、もしか天野がおまえに優るとしても、腐る理由にしてはならぬ。己のため、将棋家のために強くなれ」

宗与は自家でなく、将棋家の繁栄こそを願っている。しかし、鐐英の代、十二世名人の座だけは思い切ることができずにいた。鐐英を天野に勝たせてやりたい、いっそ、勝てずとも名人に。その望みは打ち消そうとするほど強くなる。我が子への情愛、などと言えば美しいが、宗与の信念からすれば堕落にほかならない。

鐐英が雪の将棋を身につければ。縋るようなその思いは、宗与の中で黒い塊となって蠢《うごめ》いていた。

4

今年もまた、御城将棋についてあれこれ詮議する時期がやってきた。そうしなくてはならない故もないが、今年の内調べ宅番である宗与家で話し合いが持たれている。内調べとは御城将棋で披露する対局を別日に前もって指しておくことで、基本的には御城将棋の数日前に行われる。御城将棋の当日こそ芝居だが、棋譜は頭からでっち上げたり、後から手を加えた偽譜ではなく、正真正銘家元棋士の実戦であった。もっとも、将棋の内容は出来不出来の差が激しく、上手があえて緩めて指したようなものもあれば、昇段をかけた激戦もある。たとえば昨年だと鬼宗と宗与の角落ちは前者、英俊と宗金の香落ちは後者に当てはまった。

「性急に過ぎましょう。看佐殿は七段目に上がられたばかりではありませんか」

内心狼狽《うろた》えているのを隠すように大橋家の当主は凜《りん》とした面差しを作る。宗金にとっては、晴天の霹靂《へきれき》であったに違いない。去る四月にはとうとう六段目に上がり、数年のうちには十世名人伊藤宗看の後継、すなわち十一世名人の候補のひとりとして立つ心づもりでいたのだろう。しかし、鬼宗は宗金の台頭を待たずして、宗与家の英俊と自家の看佐による後継争いを提案してきたのだった。

「別にその一局で八段目を決めようって話じゃない。私に香落ちで及ばないようなら、八段目とは認められないからな」

まず英俊と看佐が平手で戦い、勝った方が次年鬼宗との香落ちに挑む。鬼宗の示した八段目の条件は、さも妥当のように聞こえるが、実際は伊藤家の利が大きい。しかし、宗与はこの勝負を受ける構えでいる。

「八段目の争いとなれば、今度こそ公方様の上覧があられるかもしれない。宗与家は異存ありません」

いよいよ旗色の悪い宗金は、顔色を失っている。仮に英俊か看佐のどちらかが八段目に上がったからといって、宗金の芽が潰《つい》えるわけではない。二世名人の一例を除き、名人位は終生であるからだ。鬼宗の後継を最終的に決するのは、当分先の話となる。しかし、早く八段目に上がることは、次代の将棋所を窺う上で大きな利となることは間違いない。事が名人になれるか否かという話では、さすがに宗金の政治嫌いも鳴りを潜めた。

「勝手に決めないでほしいね、俺はそんな勝負やる気ねえよ」

まとまりかけた話に横やりを入れたのは、当事者のひとりである伊藤看佐だった。ひとつの部屋にいながら、耳をそばだてていなければ聞きこぼしてしまいそうな、か細い声である。

「勝手だと抜かすか。なにがおまえに差し障るというのだ」

言って、鬼宗は看佐を横目で睨みつける。交わったところから煙が立ちそうな視線を受け、しかし看佐はどこ吹く風だ。

「障りっていうか、納得いかねえんでさ。もしか俺が喜多に勝って、親父《おやじ》に挑むってことになったら、あんた手ぇ抜くだろうが。なんたって、あんたは俺を八段目にしてえんだからな」

「おい、看佐。おまえは親を、名人をこけにするつもりか」

「そう取るやつは、ごまんといるさ。もの笑いにされる八段目になんてなりたかねえ」

看佐の語る理屈は自分本位ではあるものの、的を射ているところもあった。世間の将棋指しのほとんどは、棋譜そのものを見て価値を判じることなどできないのである。看佐が鬼宗に勝って八段目に上がる場合、鬼宗の手心を疑う声を払拭するのは難しい。

「なんとでも言わせておけ。将棋において理は常に家元にある」

対する鬼宗の言いようは剛毅《ごうき》である。宗与が名人と相容《あいい》れぬと感じるのは、まさにこういうところだった。あからさまに看佐を後継に推し、伊藤家の権を固めようとする動きには細やかさが足りない。

「看佐殿は英俊を相手にずいぶん自信があると見えますな」

看佐を相手にする際、鬼宗が手加減をするかもしれない、宗与も当然そこには気が付いていた。あえて指摘しなかったのは、それが鬼宗への侮辱となることもあったが、そもそも看佐の口にした危惧が英俊の負けを前提としているからだ。言い換えれば、英俊が勝ちさえすれば、なんの問題もないのである。

「そっちも同じに見えますがね」言って、看佐は微笑する。「俺の方は、そんなに自信があるわけでもありませんよ。喜多が相手じゃ、勝ったり負けたりでしょうね」

含みありげな看佐の口ぶりに、鬼宗が目を眇める。

「考えなしというわけでもないようだの」

「考えなんて大したもんでもねえ。あんたが出張らなくても、俺と喜多が四番手直りで指し込み勝負をすりゃいい。どっちも七段目だから、半香に指し込めば八段目の力ってことになるだろう」

それはさながら、座敷の真ん中に落ちる雷だった。四番手直りとは、四つ勝ち越すごとに手合いを進める番勝負である。優劣を決めるには最も明快だが、将棋家では忌避されてきた方法でもあった。

「指し込みは、承服できかねます」

四番手直りの指し込みは、十や二十の対局では決着しないこともある。英俊と看佐の八段目争いに割って入りたい宗金にとっては好都合であるにもかかわらず、毛虫でも見たような顔をして反対を唱えるのは、指し込みの番勝負が棋士の命を削るものであるからだ。

四世名人の時代のことである。伊藤家と大橋家は先の覇権をかけて、それぞれの後継者を四番手直りの指し込みで争わせた。勝負は五十七番にも及び、その大半は極めて短期間に行われたこともあって、最後は両者果てるしまいとなってしまった。精や根の話ではなく、まさしく命の火が燃え尽きたのである。伊藤家の印達《いんたつ》と大橋家の宗銀、当時まだ十二歳と十六歳であった若獅子《わかじし》を失ったのは将棋家にとって甚だしい痛恨であり、こと五十七番のうち三十六を勝って宗銀を角落ちにまで指し込んだ印達は、永らえていれば名人になっていただろう才器だった。

「一年そこらで五十番も指すような無茶をしなけりゃ、命が削られるなんてことはあるまいよ。

それに、印達はもともと病がちだったらしいからな」

将棋家の集まりで、看佐がここまで強い意志を発するのは、宗与の知る限りではかつてないことだった。誰と誰が話すのをつまらなそうに横目しながら、欠伸や指遊びをしているのが常で、居眠りをしているときすらあったのだ。それが今回に限っては執拗《しつよう》と言えるくらいの粘り強さで英俊との勝負を求めている。

鬼宗は心を動かされたようで、

「もうひとりの考えを聞いてみぬことには、決められんな」

と、看佐に乗る意思をほのめかす。芸が足りなければ嫡子であっても躊躇いなく廃するのが伊藤家の流儀だが、家族の情はむしろ篤く、鬼宗は親の欲目を隠そうとしない。看佐が技で英俊に後れるなどとは、まったく考えていないのだ。

どうにも嫌な気配がしてならない宗与は、この提案を撥《は》ねつけたいと思っていた。しかし、先は難色を示していたはずの宗金までもが、まさか断るつもりではあるまいな、という眼差しを投げてくる。こうまで駆け引きなく勝負を求められ、それを避けたとあっては棋士として矜持の傷つく事態なのだ。退けば棋士の魂が死ぬ、とは言いすぎにしても、もはや宗与は余人へと追いやられてしまっていた。この勝負を受けるか否か、その決断は英俊に委ねられている。

「四番手直り、望むところです」

重々しい声音で答える英俊を、宗与は咎めようもなかった。

棋士として心が震えたのか、鬼宗は声を高くする。

「月に二局までを目安としよう。当然、今年の御城将棋でも指してもらう。四月先だから、七、八番目くらいになるだろうな」

星取りが偏れば御城将棋が八段目争いの決着局になる、鬼宗はそんな皮算用をしているのかもしれない。こうなってしまったのは、はなはだ不本意だが、宗与としては己の仕事をするのみである。

「民間の注目が重くなりすぎぬよう、気をつけねばなりません」

せっかくの大勝負であるからと、世間の注目まで集めようとするのは、いかにも軽々しい考え方だ。世間の目など、餌に群がる蟻《あり》のようなもので、来しより帰りが用事なのだ。注目の去った後に将棋家が晒すのは、虫食いとなった権威かもしれないのである。

「宗与殿の忠告、心得ておこう」

しかし、宗与の打った釘は鬼宗にはなにほども響くことなく、英俊と看佐の番勝負は伊藤家によって喧伝《けんでん》され、伊勢屋をはじめ対局場の提供を願い出る声は、引きも切らず寄せられることとなった。

九月も終わり近く、寒の厳しい日が多くなり始めていた。

英俊と看佐の四番手直りの番勝負は、八月に二局が指されてからこちら、一月以上も中断されている。連敗の出だしとなった伊藤家が、たまらず看佐が病を起こしたと言いだしたのである。

自ら番勝負を持ちかけておいて、いざ蓋を開ければ精彩を欠く看佐に、鬼宗は額から湯気の立つ

桎梏の雪　主な登場人物

〈大橋分家《おおはしぶんけ》〉

六代宗英《そうえい》……九世名人
歴代名人の中でも最高の棋力を持つ大名人。
彼の急逝により、将棋家は落ち目へと傾いてゆく。

七代宗与《そうよ》……六段目
宗英の嫡子。大橋分家の現当主。
将棋家立てなおしにかける想《おも》いこそ篤《あつ》いが、棋力は平凡。

英俊《えいしゅん》……七段目
大橋分家の八代目候補。養子。若手筆頭の実力者だが、軟弱な気質から大一番では精彩を欠くことが多い。幼名は中村喜多次郎。

お弦《つる》……初段格
英俊の妹。世間向きには初段格となっているが……。

鐐英《りょうえい》……初段格
宗与が大きな期待をかける嫡子。
整った容姿に似合わず、剛直な攻めの棋風を持つ。

〈大橋本家《おおはしほんけ》〉

十一代宗金《そうきん》……五段目
大橋本家の若き当主。堅物だが、弟子には大甘。

河島宗臨《かわしまそうりん》……六段目
大橋本家の師範代。
宗金を手玉にとり、大橋本家を実質的に仕切る政治家。

天野留次郎《あまのとめじろう》……初段格
大橋本家の内弟子。菊坂の神童。
鐐英よりひとつ年上で、棋力においても一歩先んじる。

〈伊藤家《いとうけ》〉

六代宗看《そうかん》(鬼宗《おにそう》)……十世名人

伊藤家の現当主。宗英の死から十六年を経て十世名人を襲う。英俊を香落ちで連破するなど、圧倒的な実力を持つ。

看理《かんり》……六段目

宗看の嫡子。宗看の三子では唯一廉直に育つも、早世。

看佐《かんさ》……六段目

宗看の次男。看理に代わり伊藤家の後取りに繰り上がる。棋才にかけては兄を凌ぐが、身持ちの悪い放蕩《ほうとう》者。幼名は定次郎。

金五郎《きんごろう》……四段目

宗看の三男。看佐同様、放蕩者。棋士としても落ちこぼれ。

〈将棋家以外の人物〉

福泉藤吉《ふくいずみとうきち》……六段目

大橋分家門下の重鎮、豆人と号し俳諧も嗜《たしな》む文化人。

石本勾当《いしもとこうとう》……五段格

最強の盲人棋士。将棋家の周囲で不穏な動きをみせる。

鷹見十郎左衛門《たかみじゅうろうざえもん》

碁・将棋家を管轄する寺社奉行・土井利位《どいとしつら》の用人。蘭学者。将棋家の中でも特に大橋分家とよしみを結ぶようになる。

ほど怒っているという。

しかし、幸先《さいさき》の良さに浮かれてばかりもいられなかった。宗与が当主を退く意思を告げた夜から身を慎んでいた英俊が、近ごろまた悪所に通うようになったのだ。その乱れ様は以前にも増していて、この日も英俊は母屋に帰らずお弦の長屋に転がりこんでいる。

「いきなり訪ねて、すいやせんね。目明きと違って、字を書くのはえらい難儀なんでさ」

前もって便りもよこさず宗与家を訪った石本は、白々しく明後日《あさって》の方を向きながら言った。指導を求める者には厭わず応じるという矜持は、天然の名人と言われた宗英から宗与が受け継ぐことのできた数少ないひとつであるが、石本の振る舞いのふてぶてしいことには嫌悪が立った。いっそ用事をでっち上げて日を改めてもらおうかと思ったが、門徒の少ない宗与家は十日先まで見ても石本を追い返すような用事はない。そんなありさまで今日は忙しい由、などと口に出すのは情けなさが募りそうで、憚りがあった。

「石本殿を侮るつもりはありませんが、七段目の英俊に香落ちで教えてほしいとは、いささか無理がございましょう」

段の認可は将棋家の特権であり、建前では民間も家元と同じ基準で段を与えられる。七段目の英俊に香落ちで指してもらおうと思ったら、少なくとも角香混じり（角落ちと香落ちを交互に行う）の力が要った。角香混じりは三段差の手合いなので、三段の石本ではひとつ足りない。

「あたしは英俊先生と看佐先生、どっちにも角落ちで教えてもらったことがありますが、簡単すぎてなんの足しにもなりませんでした。おふたりともそんときは六段目でしたが、ときもなく七段目にあがられたでしょう。あたしだって同じままでいるつもりはありやせん」

宗与は困っていた。民間の高段者はほとんどが武家や大店《おおだな》の主で、実際の力は認められている段より二、三段低い。角落ちでも負けようがない相手だから、香落ちにも応じるのである。言い換えると、間違って負けの恐れがある香落ちを指したくないというのが家元棋士の本音だった。大駒落ちと違って、香落ちは負けの言い訳が立たないからだ。

石本は英俊であっても十に一、二の間違いが起こりうる相手だった。三段に留まっているのは彼が家元のどの門下にも属していないからで、実際は五段格か、それ以上の力がある。まして英俊は未明まで遊び歩いて、本調子とは程遠い。

酒を言い訳に使うことをもの笑いにする世間の風潮を宗与は苦々しく思ったが、それが頭に閃きを走らせた。

「分かりました。恥ずかしい話ながら英俊は深酒が入り本調子にありません。今日に限って香落ちで応じさせましょう」

酒を言い訳とすることを潔しとしない反面で、酒が入ったうえでなした成果は十倍も持て囃すのが世間というものだ。酒気を濃く漂わせる英俊を相手に、香落ちで歯が立たなかったとなれば、石本とてぐうの音も出せまいと考えたのである。問題は酔っぱらいの英俊が石本に勝てるかだが、それも算段が立っていた。

「さっそく、英俊を呼びにやらせましょう。それより、石本殿は目が見えませぬゆえ、部屋を移るのも難でしょう。対局室からここに道具を運ばせせます」

「はあ、お心遣い、ありがたく」

折よく茶とお菓子を持ってきた女中に、宗与は英俊を連れてくるよう言づけた。さらに、石本の耳に届かぬよう、小声でもうひとつ付け足す。視界の隅で、石本がこともなげにお菓子に手を伸ばすのが見えた。次いで茶を口に含む動作は、はたして本当に盲《めしい》なのかと思われるほど淀みない。

女中が部屋を出ると、石本が茶を啜る音だけが気まずく鳴った。お菓子は口に合わなかったのか、一口つけたきりである。

ややあって、英俊を呼びに行った女中が盤を持って上がり、入れ替わるように英俊が姿を現した。部屋に入ってきただけで、胸の焼けそうな酒気が漂ってくる。宗与が顔を顰めたのに対し、石本は眉ひとつも動かさないで、

「おや、英俊先生だけではないようで」

と、抑揚ない声音で言った。

「せっかくなので、内弟子に学ばせようかと。気に障りますか」

「いや、まったく。しかし、恥ずかしい手は指せなくなりました」

石本は口元に笑みを浮かべると、思い出したようにお菓子に手を伸ばした。宗与は英俊の傍らについたお弦に目顔を送る。大丈夫よ、上手くやるから。そう言いたげにお弦は右手をひらめかせた。

石本は盤の中央に撒《ま》かれた駒の一枚を取りあげ、表面を指でなぞっている。目当ての駒でない

と分かるとそれを脇に置き、また違う駒を取って調べる。駒は石本が持参したもので、通常のものと違い文字が彫り込まれていた。

「初形を並べるときだけは、この駒じゃないと難儀します」

駒を自分で並べることに、石本は強い拘りがあるらしかった。駒を探り当てるのにやや手間取るものの、升の中央に差しで計ったみたいに狂いなく駒を置く所作は優雅さがあった。むしろ、上手の駒の方が斜めを向いていたり、端に寄っていたりする。

石本の向かいに座るのは英俊だが、駒はお弦が斜めから手を伸ばして並べていた。

「棋譜は私が読み上げます」

「あい、よろしくお願いします」

対局者どうし礼を交わしあって、将棋が始まる。上手側は英俊とお弦のふたりが揃えて頭を下げた。開局の一礼は石本の目が見えぬから、ましてこちらは上手であるからと蔑《ないがし》ろにしてはならない作法だが、かえって宗与は胸の痛む思いだった。日の見えぬ相手に対し、礼を省くよりずっと重い不義を働いている。

そんな宗与の屈託を悟ってか、お弦は躊躇うようにひと呼吸の間を取ってから初手を指した。

三四歩、宗与が読み上げると、

「七六歩」

石本は棋譜を口に出しながら、自分の手で駒を動かした。駒はやはり升の中央に動かされ、石本の手番においては棋譜の読み上げは不要なのではないかと思わされた。

「将棋を指すのに目が見えないのは損じゃないのかって言う人がありますがね、あたしはそんなあまえたを口にするつもりはありません。目明きが頭で将棋を覚えてるなら、あたしは指の先から骨の底まで、まさに骨身に将棋を覚え込ませておるのでさ」

石本の声には、家元の棋士にも後れを見せるつもりはないという自信が込められている。平凡な指し手がそのような不遜を覗かせても滑稽なだけだが、石本の指し姿は一流棋士の威風をすら纏って見えた。お弦が七段目に迫る力を持つとはいえ、勝ち負けは良く見つもって五分ではないか。宗与は己の楽観を知り、背に汗をかく。

にわかに狼狽える宗与を尻目に、お弦は鐐英や留次郎を相手にしているときと同じような気安さで手を進めた。上手は定跡通りの振り飛車に構える。香のいない一筋の隙を飛で補うのが、左香落ち上手における絶対である。これを怠れば、端攻めを喫して一息に形勢を損なってしまう。

それでも下手が強直に端攻めを見せる手はあったが、石本は悠々と玉を上がって持久戦の構えを見せた。持久戦になると左香落ちは平手に近い感覚の将棋となる。上手にとっては楽な展開になりそうだと宗与が胸を撫でおろしたそのとき、お弦の目が妖しく光った。

「指されませんでしたか、いま」

石本は怪訝そうに眉を顰める。宗与が棋譜の読み上げを忘れるほど、お弦の指したその手は奇抜なものだった。一手前まで、盤上二枚の角は四四にある上手の歩を挟んで睨み合い関係にあった。ただし、その均衡は対等ではない。四四の歩を守る上手の角は自由には動かせないのである。

「……四二角」

その動かせないはずの角を、お弦は引いた。

石本が見えぬ目をかっと見開き、見る間に顔を上気させる。四四の歩は、たかだか歩と軽んじられる駒ではない。これを取らせる角引きは、下手に対する挑発にほかならなかった。

「秘定跡というやつでございますか、これは」石本の声には、侮られたという怒りが、隠しようもなく込められている。「四四角」

石本の怒りは手つきにも表れ、敵陣間近に躍り出た角はかすかに斜めを向いている。歩をただで取ったに終わらず、この角は次に一一への成りを見て厳しい。大駒を成ることは、一歩得より遥かに大きな戦果である。そして、上手には下手の角成りを防ぐ上手い手だてもなかった。四二に引いた角を三三に戻すのはいかにも馬鹿馬鹿しいし、桂を跳ねるのも飛角二枚ともの利きを遮って論外だ。

「三六歩」

一見すると困った上手だが、お弦は平然と三筋の歩を突き出す。

角成りを受けないこの手を見て、宗与はようやく上手の意図を理解した。三筋は上手の飛が控える筋であるだけに、下手も手抜きはできない。同歩、同飛と捌《さば》けば、上手は今度こそ次に三三桂で角成りを防ぐことができる。よって、下手はその瞬間に一一角成を決行するほかないのだが、それには三三角と合わされ、せっかく作った馬を消されてしまう。もしかこれが平手の将棋であったなら、一一角成のときに香を取れていたので、馬を消されても下手は大優勢であった。上手の四二角とは、香落ちの損をむしろ得に変えてやろうという、実に大胆な発想だったのだ。

同飛まで進んだところで、石本が長考している。上手が一本取ったように見える局面、こういうところでの長考は得てして悪手を生みやすい。しかし、石本はお弦の構想を打ち破る好手を見せた。

「八八銀」

のっそり上がった銀が、実に味深い。角を成れずとも歩得の利は残る、それで十分と見た好判断だ。この銀上がりを見せられるに及んで、宗与は石本を将棋家の高段にも後れぬ実力者だと認めるほかなかった。

そこからも石本は攻めを焦らぬじっくりとした指し回しで、有利を固めていく。真綿で絞めるような攻めに、上手は玉自らが受けに当たることを余儀なくされた。四段目に引きずり出され、半ば孤立状態の上手玉に対し、下手の玉は二段目で金に守られ安定している。八十二手目、角取りに打たれた五六桂を見て、宗与は勝ちを諦めかけた。しかし、お弦はここから追い上げを見せる。

「八五歩」

角取りを手抜いた歩の突き出しが、一瞬の隙をついた反撃だった。次に八六歩と銀を取る手が玉頭を攻めて厳しいため、下手は角を取っている場合ではない。

「七七銀」

石本は銀を下がって、小さく舌打ちする。上手はなおも当たりになっている角を逃げず、七三に桂を跳ねた。六五に跳ねだす手を見せられ、下手はやはり角を取るゆとりがない。

こうなるとお弦は強かった。読みを外され、不本意な手を強いられた石本は徐々に指し手が前のめりになってゆく。そして、九十九手目、八四飛にとうとう石本は崩れた。

「同桂」

もしか石本が冷静であったなら、その罠《わな》を見抜けていたかもしれない。桂の利きに差し出された飛を取る、自然なその一手が、石本が数十手かけて積み上げてきた優位を瓦解させた。飛を取った桂はなんの駒にも当たっておらず、上手は攻めの手番を得る。七六歩と急所の玉頭攻めを喫しては、いよいよ下手の玉も安全とは言いがたい。

そこからは、もはやお弦の独壇場である。下手に見せ場を作る余裕まで見せ、最後は下手玉を長手数の詰みに討ち取った。

「これまでにございます」

百四十一手目、五八銀に対して石本は投了を告げた。胸を撫でおろしたのは脇から見ていた宗与で、お弦はやや頬を上気させてはいるものの、肝を冷やされたというふうは見えない。

「見事な将棋でした。上手は絶えず薄氷を踏む心地であったでしょう」

「いや、この将棋を負けにするのでは、恥ずかしさが勝ちます。思い上がりを知らされました」

石本は本心悔しくて仕方がないというふうに、ぎっ、と奥歯を軋《きし》ませた。家元の高段棋士に敗れてこうまで悔しがる者は稀で、宗与はにわかにこの盲人棋士に好感を抱き始めていた。

「しかし、英俊先生はしこたま酔っておられると聞きましたが、指しておるときには酒気を感じませんでした。家元の棋士ともなれば、酔うも覚めるも自在ということでしょうか」

鼻の穴を正面に向けるように首を反らす石本に、宗与は訝しいものを覚えた。部屋に入ってからいまに至るまで、英俊はもっ、とする酒気を漂わせている。鼻が利かないのか、宗与がそう思いかけていると、

「酒くせえのは、真正面にずっといましたよ。けれど、駒を動かしてたのは、その横にいた人でしょう」

石本の浮かべた、笑みと呼ぶにはあまりにも薄気味の悪い表情に、背を舌で舐めあげられたような悪寒が走った。最前抱きかけていた好感は失せ、粘り気のある嫌悪がせりあがってくる。

この男はいったい、なにが言いたいのか。忌々しく睨みつけるが、効き目のあるはずもなかった。

「どうも、あたしは妙なことを聞いちまったらしい。や、気にしないでおくんなし」

石本は肩を竦めると、そそくさと持参の駒をしまい始める。本来であれば、指し終わってからが指導の時間であるのに、はや帰る支度である。しかし、宗与はそれを引き留める気も起きず、きっちり相場通りの指導料を受けとると、石本を門の外まで見送った。

「あの人、最初からあたしと指すつもりで来たのだと思います」石本の背が見えなくなると、お弦はぽつりと呟いた。「どうしてかって、お聞きにならないでくださいね。なんか理屈があるわけじゃなくて、ただ、そう感じただけ」

宗与家の秘密を暴こうとしている者がいる、その可能性に、宗与の心はざらついた。石本を使ったその手口からは、とても友好的な気配を感じられなかったからである。

第四章

1

英俊と看佐の八段目争い第三局目は、小石川水道橋にある市川宅で行われた。市川は将棋家総出で参加した年始の将棋会にも顔を出していた男で、棋級はいちおう三段である。

「せっかくであれば、八段目の決まる将棋が見たかったわ」

つまらなそうに鼻を鳴らすが、本当に不満がっているわけではなく、なにかにぶつくさ文句をつけるのが好きな気質らしかった。つまるに、武張ったお調子者である。自戦の棋譜を山のように持ち込み、解説の合間を見ては鬼宗に添削を求めている。

「この将棋は、落第」

市川の気質を見抜いて、鬼宗は褒めると切るとを痛快に使い分け、あしらっている。酷評を受けるときほど市川はむしろ楽しげに、しかし態度だけは憮然《ぶぜん》を繕うのだった。

「これは我ながらよう指したと思うが、どこがだめか」

「相手が弱すぎますな。こういう手合い違いには、さりげなく緩めてやるのが上手のオツというものです」

こんな具合である。鬼宗が凧糸《たこいと》を繰るみたいに市川を上げたり下げたり操縦しているのを横目にかけながら、宗与は英俊と看佐の将棋を検討している。立会の金五郎が最後に棋譜を知らせに来てから、そろそろ一刻が過ぎようとしている。一手に使ってよいのは二刻までというのが習いだから、まだ同じだけ待つこともありえた。そのくらい、この将棋は手の進むのが遅いのだ。

「私には先手の苦しい長考に思えます」

盤を挟んで向かいに座る宗金が、指で眉間を捏ねるようにする。連敗の看佐が先手で始まった将棋は、相懸かりの横歩取り変化に進んだ。この将棋は、先手が早々に飛と金を刺し違えるのが定跡となっている。知らぬ者がみれば、この先手は駒割も知らぬのか、と笑いそうな手順だ。金が、本局はその定跡の通りには進まなかった。看佐は飛を金ではなく、角と刺し違えたのだ。金よりも強い角と交換できたなら定跡よりも得ではないか、とはならないのが将棋の難しいところで、現局面は後手が盤上に強力な竜を作っている。竜は飛の成駒で、縦横無尽の飛の動きに加え、斜め四方にもひとつ動ける最強の駒だ。竜を作る得は角と金の差より大きいと見られており、ゆえに定跡は飛を角ではなく金と刺し違えるのである。

「定跡の外に好手がないとするのも、つまらなきことでしょう」

宗与はちら、と宗金の顔を目の端でのぞきこむ。将棋とはいかなるものか、それは棋士によってさまざま異なる。たとえば宗金は将棋を兵法と捉えている節があり、事前の備えを重んじる。

あるいは英俊や看佐などは将棋を遊戯と捉えているだろうか。実戦で定跡の導《しるべ》なき手を探すことに、前もって研究してきた手を試すのとは別格の面白さを感じているに違いない。お弦は少し変わっていて、むしろ宗金より事前の備えをよくした上で、それを放り捨てて、遊びに走ることがままあった。

「この様子だと、もう何手か進んで指し掛けでしょうね」

手の早いうちから定跡を離れた将棋は、必然として長考の応酬となる。宗金のぼやくのに空の相槌《あいづち》を返し、宗与はさらに思い耽《ふけ》る。石本との香落ち戦からこちら、宗与はふとするごとにお弦のことを考えてしまう。

お弦を世に暴こうとしている者がいることも危惧だが、それよりも石本を相手にあれだけの将棋を指せる棋士を、女子であるという理不尽な理由で飼い殺しにすることへのやましさが、堪えきれぬほど膨らんでいた。暴かれるくらいなら、いっそこちらから。そういう考えを頭によぎらせながら、思い切ることができないのは、お弦を隠すと決めたのがほかならぬ父宗英であるからだ。宗与は、どうしても宗英の考えることに、それが将棋の外のことであっても間違いがあるとは認められないのである。

「宗金殿は、誰こそが八段目にふさわしいと思われますか」

宗金は怪訝そうに目を眇めると、それは二択か、と問い返してきたので、宗与は首を横に振った。やや間を取って、

「私こそが、というのが本心ではあります。いまの力では口にするのも恥ずかしいところではあ

りますが」

言って、宗金は口をへの字そのものの形に歪《ゆが》ませる。恥じ入る宗金に対し、そんなことはないと返すのは、宗金を名人の器なしと見限ったいまでも偽りない本心だった。結句、宗与は宗金のことも思い切れていないのである。

「宗与殿は、やはり英俊殿を推されるのでしょう」

どうでしょうか、ぼんやりとそう答え、宗与は天井を見上げる。

「将棋の神妙により近づけるのは誰なのか、私には分かりません」

「将棋の神妙か。はたして、どのような境地なのでしょうね」

それは、果てしなき雪野を見晴るかすがごとく。

ふと浮かんだその言葉を、宗与は口にすることはなかった。

英俊、看佐とともに長考を重ねた将棋は、五十手を見ずに指し掛けとなった。指し継ぎの日は市川の予定との兼ね合いになるが、だいたい十日ほど先になると思われる。

市川宅から戻った宗与は、母屋にお弦を呼び寄せると、指し掛けとなった将棋を初手から並べてみせ、

「あちらの手番で指し掛けとなったからには、伊藤家はこの局面を総出で調べるだろう。ここからは名人を相手にするつもりで、こちらも備えねばならない」

「それって、どういうことですか」

お弦は目つきを鋭くする。簡単には承知されぬとは予想していたが、ここまであからさまな態度を見せられるとも思っていなかった。

「過去の争い将棋においても、行われてきたことだよ。不義と咎められるものではない」

「昔のことなんて知りません。だいたい、あたしが考えた手を指して、それで看佐に勝っちまったらおしまいです。そっからはもう、ただの一局だって兄さんは看佐に勝てなくなっちまうでしょうね」

お弦の言うことには一理あった。ただでさえ家元の嫡子に遠慮を抱えている英俊だ。余人の力を借りて勝ってしまったときには、心やましさから将棋を乱すことは大いにありえる。とはいえ、巡ってきた好機に手をこまねいているのも、もどかしく感ぜられた。

「私も口を挟まぬ方が良いと思うか」

当然、とお弦は口を尖らせ、そっぽを向いた。が、その態度に、宗与はいくらか気が安らいでもいた。お弦のすげなさは、英俊が勝つことを十台にしている。指し掛けの局面を英俊有利と見ているのだ。

「では、宗与家はこの将棋には一切口出しせぬことにしよう。弦女が諫《いさ》めてくれて助かった。私は大きな誤りを犯すところだったよ」

「それはどういたしまして」

お弦はようやく、表情を緩めた。と、なにかを考えるような仕草をしてから、

「ところで、鐐英のことで少しお話ししたいことがあるのですけど」

と、声音を落として言った。あまり良い話ではなさそうだ、宗与は思わず身構える。

「あの子、このごろ将棋が悪くなってる気がします。ちょっと前までは初段どころか二段でもおかしくないくらい指せていたのに」

終盤で棋力に沿わない無理な寄せ方を目指すようになった、そう言い添えてお弦は眉を顰める。実のところ、宗与もそれには気づいていた。むしろ驚いたのは、お弦がそれを将棋が悪くなったと捉えていることに対してである。

「最速の寄せを目指すのは、悪いことではあるまい。いや、それこそ父宗英の将棋だ。たしかにいまは力が足りず読み抜けも多くなっているが、一時のことだよ。あれなりに宗英の将棋を意識し始めているのだ。私はむしろ、喜ばしいことだと思うのだが」

目先の勝ちにとらわれず、より正しき筋を志すことが悪いとは、宗与には到底思えなかった。なにより、鐐英の胸に宗英の将棋が萌《きざ》していることが、嬉しくてならないのである。

「どうしてもいまの無茶な指し方を止めさせないっていうなら、せめて終盤の力をしっかり鍛えてやるべきですわ。たとえば、詰物を多く解かせるとか」

「終盤を鍛えるべきというのは、その通りだな。しかし、詰物をいくら解いたところで指し将棋の終盤には関わりがあるまい。終盤の力を養うには、良い棋譜を多く並べることが一番の早道だ」

埒が明かない、言いたげにお弦は溜息をついた。宗与としても、お弦とこうまで将棋に対する考え方が合わぬことに、内心で戸惑いを覚えていた。己の考え方に非があるとは思えない。しかし、お弦の指導で鐐英が力を伸ばしていることは紛れもない事実である。宗与の心は揺らいでいた。

「弦女、私は間違っているのだろうか。棋才に乏しい私の考え方で教え導くことは、あれにとって良くないことなのか。どうか偽らず答えてくれ」

不安に胸を嚙まれ、宗与は思わず問うていた。お弦はまんまるい目をさらに丸くして、宗与の顔を見返している。

「そんなこと、あたしにだって分かりませんけど」困ったように、お弦は顔を逸らした。「けど、ひとつだけ。宗与先生は、鐐英の将棋をもう少し褒めてあげた方がいいと思いますわ。先生は将棋に関しては決して甘い顔を見せないつもりなのでしょう。それも一理だと思うけど、鐐英はまだ十の子供ですもの」

お弦の言葉に、宗与は頰を張られたような心地がした。英俊にも以前、同じようなことを忠告されたが、それよりもさらに、お弦の言い様は直接的だ。親子であっても将棋においては師と弟子である。甘い顔を見せることは許されないと、思いつめてきたのだ。

「口にしなきゃ伝わらないことって、あります」

お弦は言って、恥ずかしそうにこめかみを搔いた。

「弦女の、いや、英俊にも同じことを言われたな。とかく、おまえたちの言う通りかもしれない。次に鐐英が良い将棋を指したときには、うんと褒めてやることにしよう。しかし、棋力に沿わぬ寄せを目指すことに関しては、悪癖と決めず、長い目で見てやってくれ」

将棋においては、十のうち九までお弦が正しいのかもしれない。しかし、これに関してだけは譲ることができなかった。

お弦は一瞬、心配そうな面持ちを作ったが、

「そうまで言うなら、分かりました」

言って、口元に笑みを浮かばせた。

2

駒を並べた盤の横に寝そべり、お弦は汚れの目立つ天井を見るともなく見ていた。もしか天井がぴかぴかであっても床の盤面が映るはずもないが、頭の中で局面は作れるし、駒も動かせる。なんなら、実際の盤と駒を使うより自在だった。

しかし、お弦は将棋のことなど考えておらず、ただぼんやり目を開けているだけである。どうにも気ぶっせいだ。特段悪いことがあったでもないが、こまごまとしたつまらなさが尽きない。たとえば、芝神明の銘酒屋池田を介した手紙将棋は、この二月の間ぷっつり止まっている。形勢は少し苦しいものの、まだまだ楽しみのある将棋なだけに残念でならない。

鐐英の妙な癖も気がかりだ。こちらは、父親である宗与がお弦とまったく逆の考え方を持っているので、なおさら頭が痛かった。

「言っちゃあ悪いけど、将棋に関しては、うすぼんやりなのよねえ」

「誰がうすぼんやりなんだい」

ひとり言に返事が返ってきたので視線を向けると、伊藤家のうすぼんやりが戸口に立っている。

「金五郎かよ、また珍しいのが訪ねてきたもんだ」

金五郎は将棋家元伊藤家の三男で、看佐の弟である。二十半ばで四段目というのは、将棋の強さがウリの伊藤家としては落ちこぼれも落ちこぼれだが、筋が悪いというよりは、ただただ根気がないのだった。

「盤に並べてあるのは、兄ちゃんと喜多の将棋だな」

「そうよ。鬼宗先生、さぞや機嫌を損ねているのじゃなくて」

「そりゃカンカンだよ。けど、ありゃ親父が悪いよ。横から口出しするから、兄ちゃん拗ねちまった」

そういうのって、他所《よそ》では黙っているものじゃないの。呆れながら身を起こすと、金五郎はまったく遠慮するふうもなく座敷に上がりこんできた。盤の前に座り、しかつめらしい顔をしている。戸口からでも盤面は見えたはずだが、盤の側に座るとまた見え方が違うのだろう。

指し掛けとなっていた英俊と看佐の将棋は、二日前に市川宅で指し継がれ、わずか十数手で看佐が駒を投げた。あまりにも気のない内容だったため、対局場を用意した市川も大層不満げだったそうである。

「兄ちゃんからすれば、親父の口にした手はなにがなんでも指したくなかったんだろうな。上手い手は親父が端から読みつくしちまったもんだから、ろくでもない手しか残ってなかったってわけだ」

「名人伊藤宗看ともあろうお人が、どじを踏んじまったわねえ」

「宗与家はどうだったんだよ。そっちでも、総出で指し掛けの局面を調べたんだろ。喜多ときたら、それでしれっとしてやがるんだから、意外とふてえやつだよな」

「うちは兄さんの将棋にゃ誰も、なんにも口出ししてないよ」

隠すのも馬鹿馬鹿しく思われたので、宗与家ではどんなふうだったのかをかいつまんで話した。宗与から話を持ちかけられたときは情けなくて溜息が落ちそうだったが、伊藤家の顚末《てんまつ》を知ってからだと、いかにも危ういところを踏ん張ったのだという気がしてくる。真逆の立場である金五郎は、拳で膝を殴って悔しがるのだった。

「供養のつもりで、鬼宗先生の調べた手順とやらを教えとくれよ。どうせお蔵入りだろ」

「図々《ずうずう》しいこと言いやがる。教えるわけねえだろ、そんなもん」

「じゃあ、あんた後手に座りなよ。あたしの考える手と比べてどれくらい上等か、教えてちょうだい」

「ようし、そんなら受けてやらあ」

先手、すなわち負けた側を持つことになったお弦だが、さして自信があるわけでもなかった。指し掛けの局面は先手にもなにか手が隠されているように見えて、調べてみるとそのどれもがはかばかしくない。鬼宗も行っては道詰まりを確かめるような苦行に頭を抱えたのに違いない。

それでも、終盤に入るころには際どい勝負形になったのは、金五郎の力が足りなかったせいである。

「実際のところ、鬼宗先生はこれよりいくらかでも先手の指せる順を見つけられたの」

「まるで先手がしこたま悪い別れだった、とでも言いたげだ」

「しこたま悪かったのが、あんた相手じゃ良い勝負にまでなっちまったのよ」

いよいよ形勢がお弦に傾きだすと、金五郎はもういいや、と呟いて指すのをやめてしまった。

そのまま後ろに倒れ込み、

「どうにも、将棋ってのは性に合わねえなあ」

と、将棋家の御曹司らしからぬことを口にするのである。

「なあ、宗与家からだと、うちは兄ちゃんを八段目にしたくて躍起になってるふうに見えてんのかい」

「見え方とは違う事情でもあるのかしら」

鬼宗が嫡子である看佐を推していることは、誰の目にも明らかだった。たとえば大橋家の宗金が看佐の七段目に難色を示したときには、意趣返しとばかりに宗金の六段目を阻んだりしたものである。間に立って仲を取り持った宗与など、憎形でなければ毛のごっそり抜け落ちそうな気苦労の日々であっただろう。

「親父としては、八段目に上がれば兄ちゃんもいまよりかしっかりするんじゃねえかって考えてるだけなんだよ。他家のことを軽んじるつもりなんてないってのに。あんたのことだって、宗与家に沈めとくくらいなら、いっそ伊藤家に迎えたいってぼやくのが、常日頃なんだぜ」

「伊藤家に迎えたいって、看佐の嫁にでもなってほしいのかよ」

「それかもしくはあたし、なのかな」

少しこもった金五郎の声音に、お弦ははん、と鼻で笑い返す。

「冗談。あんたと色っぽいことなんて、どうやっても思い描けやしないよ。尻並べて野グソだってできそうだもの」

「野グソっておまえ、仮にも女がだなあ」

溜息を交えて呆れる金五郎に、どうせ付き合ってる女だっているんだろう、とか言い返すのはいかにもきまり悪く、お弦は口をへの字にする。かといってだんまりも情があるみたいに取られそうで、なんとなしに気になっていることを聞いてみた。

「なあ。池田に手紙を預けてるのって、鬼宗先生なんだろ」

「ん、そうだよ」

「なんだ、あっさり教えてくれるもんだ。はぐらかされるとしか思ってなかったよ」

「そっちで察してるもんを、隠してどうする」

手紙将棋の相手が看佐でも、まして宗寿でもないことは、指しているうちに分かった。自《おの》ずとひとりに絞られるが、半信半疑でもあったのだ。鬼宗がお弦のことを気に掛けているという話に、いよいよ心揺らぐのを感じていた。とはいえ、宗与がこよなくかけてくれた情を思えば胸が切ないのである。

恋なんかより、こっちが苦しいったらありゃしない。気分がくさくさしてくるのをごまかすように、盤上の駒をひっつかむと寝そべっている金五郎の顔めがけて投げつけた。

「なにしやがるっ」

「自分ちみたいにくつろいでんじゃないよ」

お弦がさらに駒を投げると、負けじと金五郎も床に散らばった駒をつかみ取る。投げては投げ返され、投げ返されてはまた投げ返し、飛び交う駒は硬いもの、柔らかいものの区別なくぶつかって、いろんな音を立てた。将棋の道具を粗末に扱うなど、将棋家にはあるまじき行いであるが、年甲斐もなく楽しいのである。

そういえば、あいつはなにをしに来たのだったか。お弦がそんなことを思い浮かべたのは、金五郎が投げ散らかした駒をそのままに長屋を後にしてからだった。

金五郎がふいに訪ねてきたものだから、お弦は今日が鐐英に将棋を教える定日だというのを、うっかり忘れかけていた。常であればとうに母屋に参上している時刻に、お弦はひとり、投げ散らかした駒の片づけをしていたのである。鐐英は対局室で駒を並べて待っており、しかもそれが丁寧に磨かれていたものだから、なおさらお弦は先の行いが恥ずかしく思われるのだった。

「今日は飛と角、どちらを引いて指そうかしら」

盤上には四十ある駒のうち三十八までが決まりの位置に配されていたが、上手の飛角だけは盤の真ん中に置かれている。上手側を平手のごとく整えるのは無礼に当たる、という鐐英らしい配慮だった。

「この前は角落ちを教えていただきました」

鐐英は酸いものを口に含んだみたいに、口元をぎゅっとさせる。飛落ちではお弦相手にも負けることの方が珍しくなっていた鐐英だが、角落ちになるとまるで歯が立たず、連敗のさなかにあった。なまじ最初の一回を勝ってしまったことが、余計に鐐英を悔しがらせているようである。

とはいえ、その一局だけははじめなので手を抜いた、とはお弦もいまさら言いだしづらい。

飛落ちはそろそろ足しにもならないし、かといって角落ちで負かし続けるのもかわいそうだし。そんな気を使うにつけ、留次郎の扱いやすさが懐かしく思い返される。もちろん、鐐英には鐐英でまた違ったかわいげがあるのだが。

「できれば、もう一度角落ちで教えていただきたいのですが」

なにをおいて、この美貌である。夜露を集めてできたような瞳で上目遣いをされて、胸のうずかぬ大人はあるまい。弱いうちは負けて多くを学ぶもの、などと理由を添える理屈っぽさも愛嬌がある。

「負け癖がつくのも困りものよ。今日も勝てないようだったら、当分は飛落ちだからね」

「はい、分かりました」

からかいにも、鐐英は真面目くさった返事を返す。思わず頬が緩むお弦だが、初手を指すやその目は勝負師のものへと変わった。

定跡はよく調べているらしく、鐐英の序盤は子供の将棋とは思われぬほど練れていた。小手調べに、と上手が定跡を外した手を指せばそれに応じた手を返してくるあたり、手順を形ではなく棋理で理解できている証拠だ。中盤はやや攻め気の勝つところがあるも、欠点というほどでもなく、棋風の範疇と言える。この日はことさらに冴えた指し回しを見せ、もう一押しで勝ちという局面にまでこぎつけていた。

ただし、もう一押しとは高段が指した場合の話である。低段者なら無理をせず、手堅く差を広げる指し方で勝ちを目指すものだが、鐐英は頑なにそれをよしとしない。お弦から見ると悪い癖が、この将棋でも顔を出す。

これがなければ、十分に初段の力はあるのだけど。お弦は胸の裡で溜息を落とす。

下手の悪手のうち、半分くらいは知らぬ顔で見逃してやるのも上手の流儀である。しかし、それが寄せの局面であれば別だった。勝ち負けを分ける局面での読み抜けを見過ごすのでは、なにを教えているのか分からないからだ。結局、この将棋も鐐英は寄せを急いでだめにした。

「終盤は読み切れる手を指すようになさいな」

勝ち将棋を台無しにして項垂《うなだ》れる鐐英の眼前で、お弦は盤面を動かす。再現されたのは、鐐英が最初に間違えた局面だ。

「ここは寄せがあると思ったのですが」

なまじっか寄せのカンが鋭いのが、この際だと癖を始末の悪いものにしていた。そして、この癖が直しにくいのは、父に褒めてもらいたいという淡い願望を根に抱えているからだ。

「この将棋では、父上は褒めてくださらないでしょうね」

鐐英は物憂げに首を傾げる。切ないのは、宗与が本心では鐐英の棋才を認め、その成長を喜んでいることである。その心は、鐐英本人にのみ伝わっていない。それを思うと、お弦は強い言葉を使うのが躊躇われるのだった。

「どうしても寄せを緩みたくないのなら、詰みの力を身につけなさい。定跡を調べるばかりが将棋ではないことよ」

言ってはみたものの、そもそも解きほぐす場所を間違えている感は拭えなかった。結句、いまの鐐英の心持では良い将棋を指せるはずがない。

親子のうちどちらかでも、頑なさを捨ててくれれば。そう思いかけて、お弦は首を振る。なんだかんだ、宗与と鐐英はよく似た親子なのだった。

その夜、どうしてか胸の裡がさざめいて、お弦は寝付かれずにいた。目を閉じていると、こんこんと夜の深まる音が聞こえるようだった。胸がさざめくと言っても、本当に音が鳴っているわけではないのである。

せめて将棋のことでも考えようと頭の中に盤面を描いてみるが、駒を動かそうとすると賽子《さいころ》を振ったみたいにあらぬ方へ転がっていってしまう。まったく意識が覚めているわけでもないのだ。

まあ、明日はなにか用事があるでもなし。

お弦がそんなことを思い始めたとき、屋敷の外で男の声がした。酔っ払いの声にしては、なにやら不安を孕んだ声だった。がたがたと、戸が乱暴に開けられるような音がする。これって、うちじゃないの。同時に、男の声に聞き覚えのあることにも気づく。

お弦は素早く身を起こしていた。胸のさざめきは、音として耳に聞こえそうな質と感じを得ていた。

3

行燈《あんどん》の頼りない灯りは、闇をより濃く際立たせるためにこそあるようだった。宗与は文机に向かい、ただ呆けて座っている。ひどい誤りを犯してしまった、その一念が思考を塗りつぶし、不覚に陥っている。目線はそこに砂金の一粒を捉えているかのように、文机の一点に置かれている。

夕方のことだった。宗与は対局室で鐐英と向かい合い、お弦との角落ちの検討を行っていた。お弦が鐐英に将棋を教えるようになってから、一度も欠かしたことのない決め事である。このとき宗与は、今日こそ鐐英の将棋を褒めてやろうと心に決めていたのだった。

「この将棋でも寄せを間違えたか。天野であれば間違えず指したであろう局面だぞ、鐐英。いまの天野ではない、一年前の天野だ」

鐐英の持ち味は、序、中盤の巧《うま》さにある。そこを褒めるつもりで、宗与はあえて先に終盤の至らなさを咎めた。その終盤にしても、歳からすれば、むしろ深く読めている方だと胸の裡では思っていた。

「詰物を多く解くなどして、寄せの力を伸ばすつもりです」

「詰物は指し将棋とは形が違いすぎて、寄せの力には関わりが薄かろうよ。それよりも、高段の棋譜を多く並べ、正しき呼吸を学ぶことが大切だ。詰物など、宗英も重んじなかったのだ」

九世名人宗英ただひとつの瑕《きず》として、献上図式を整えなかったことを挙げる者がいるが、宗与からすれば不見識も甚だしい。八段目に上がった棋士が詰物百題を公儀に提出する献上図式の習わしを、宗英が己の代で取り止めとしたのは事実だ。しかし、それは献上図式がまったく形骸化してしまっていたからである。八段目が秘術を凝らして作り上げた妙手順を一端でも理解できる者は公儀の役人にはおらず、なにより詰物として極まるほど、指し将棋とは妙手の色が異なってゆくのだ。結句、指し将棋こそを将棋の本懐とするのであれば、詰物などは作るも解くもまったくむなしい。

「しかし、弦女先生には詰物を解くようにと教えられました。父上と弦女先生で違うことを言われては、どうしたらいいか分からなくなってしまいます」

「弦女の将棋は星の瞬きを繋ぐがごとく、閃きに導かれたものだ。しかし、宗英の将棋は雪のごとき白。星の明るきに目を奪われず、影の昏《くら》きに臆することもなく、すべてを等しく見晴るかす雪の将棋こそが唯一神妙の将棋なのだ。鐐英、私はおまえには宗英の将棋を目指してほしいと思っている」

「雪の将棋は、父上の指導に従えば私でも修めることができるものなのですか」

瞬間、宗与の胸に苦々しいものがこみ上げる。鐐英の抱いたその疑問は、素直ゆえに酷である。宗英どころか家元棋士として並みにも足りていない宗与に、どうして雪の将棋へ至る道を示すことができようか。それはお弦を前にして、宗与が胸を噛まれた不安だった。

「私には棋才がなかった。おまえはそうではない。父の将棋を極められるはずだ」

「それをどうして言い切れるのか、その理を私は知りたいのです。弦女先生の言われることに比べると、父上の言葉はどうにも曖昧で、理が通っておりません。たとえば父上は詰物を蔑視されますが、たしかに曲詰の問いなどは指し将棋とは理を違えておりましょう。しかし、先におっしゃったすべてを等しく見晴るかすとは、そのような異筋も含めてではないのでしょうか」

「それは、ただの虱潰《しらみつぶ》しというのだ」

「お言葉ですが、父上の言葉からはそのように思われました」

理を詰めた鐐英の口ぶりに、宗与はだんだん苛立ちを覚え始めていた。少しもまじろぐことなく、下から睨みつけるようにしてくる瞳は、深く穿《うが》たれた孔《あな》のようである。

「さかしらに言葉尻をあげつらうのは、宗英の将棋を理解する気のない証拠だ。おまえは宗英を軽んじるつもりか」

怒りに抑揚を欠いた声音だった。宗英の名をわずかでも貶められたと感じてしまうと、もはや宗与は己を抑えることができない。

「そのようなつもりはありません。しかし……」

「それは自覚すら持たぬだけのこと、なお悪いわ。これしきの将棋しか指せぬうちから、おまえはなにをそんなに思い上がっている」

「父上、私は思い上がりなど抱いておりません」

「それ以上はなにも言うな。言い訳など耳が腐れるばかりだ」

その瞬間、取り返しのつかないことを口にしてしまったことに気づいていた。眩暈がして、嘔吐感がこみ上げる。

「私は、父上が語られる雪の将棋がどのようなものか、誤りなく知りたかった。分からねば、目指しようが、ないでは、ありませんか」

鐐英は眦に涙を堪え、唇をわななかせていた。眩暈が、さらに大きくなる。

「鐐英、私は……」

本当は将棋を褒めてやるつもりでいた、などとは、もはや言えるはずもなかった。

そのあとはなにを言って、なにを耳にいれたのか、遠い昔を思い出すようにおぼろげだった。度しがたいのは、ここまで深く己の愚かさを噛みしめながら、宗英を、雪の将棋を侮辱されたことへの怒りが消えず、燻《くすぶ》り続けていることだ。父宗英への尊崇《そんすう》は、いまや雪氷の枷《かせ》となって、宗与の心をどこへも進ませない。

と、夜に似つかわしくない足音が宗与を呆然《ぼうぜん》から引き戻す。

「なにごとであろうか」

寝起きであるかのような間の抜けた声音で呟き、宗与はのったりした動作で振り返った。

「なんだって、兄さんをひとりで帰したりしたんだよっ」

「いや、だから気になって見に来たんじゃねえかよう」

お弦の剣幕に、金五郎はしどろもどろとなっている。宗与家は小火《ぼや》でも起きたような慌ただしさだった。住み込みの女中のうち、年嵩《としかさ》の方が甲走った声を出して指示を飛ばしている。怒鳴られた方も、苛立った声で言い返している。しゅんしゅんと、湯の沸かされる音がする。宗与自身も落ち着かぬ心地で、医者を呼ぶのにどれだけ時間をかけているのかと、苛立ちを募らせている。

宗与は気を落ちつけるように息を吐き出すと、相変わらずの剣幕で、いまにも金五郎を殴り倒さんばかりのお弦に近づいた。

「よしなさい、弦女。金五郎殿に責められるような非はひとつもないよ。それどころか、金五郎殿がおられなかったら、どうなっていたことか」

お弦は唇を噛みしめて俯く。同じく、きまり悪そうに目線を斜め下に向けている金五郎に、宗与は声をかける。

「金五郎殿には、お礼のしようもございません。もしかあなたが様子を見に来てくださらなかったら、英俊は明日の朝に凍えた姿で見つかっていたかもしれぬ」言って、宗与は深く頭を下げた。「同じことを何度も尋ねるようで申し訳ありませんが、もう一度詳しいところを教えてくださいませんか。最前は動転していて、ほとんど説明が頭に入っておりませんでした」

金五郎は頷くと、冬であるのに額に浮かんだ玉汗を拭いながら話し始める。

「喜多とは、連れの家で飲んでたんでさ。いや、あたしの連れです。兄ちゃん、看佐はいっしょじゃあなかった。たぶん芝の女と、ああ、それはこれと関わりないですか。で、しこたま飲んで、集まった全員がつぶれたころに、喜多が帰るって言いだしたんでさ。連れは泊まっていけって言ったんですが、どうしてもって言って聞かねえ。しまいにゃ連れも怒っちまって、そんなに帰りたきゃ帰れって……」

「だから、あたしが怒ってるのはそこだってば」

「あたしも危ないなって思ったから、すぐ追っかけて出たんじゃねえか。それこそ、百歩の違いもないくらいだ。けどな、へべれけのわりに喜多のやつ、えらい足が速くって、追いつけないいま宗与家の前まで来ちまった。したら、喜多が門の前に寝そべってるのを見つけて。そんときは仕方のねえやつだな、くらいにしか思ってなかったんだが……」

思い出してぞっとしたのか、金五郎は腕を抱いて身震いする。無理もないことだった。戸板に乗せられて運び込まれた英俊を見たとき、宗与も肝が縮こまる心地がした。英俊の側頭は柘榴《ざくろ》を潰して擦り付けたように赤く染まり、耳はほとんど裂け、皮一枚で繋がっている状態だった。出血が激しく、傷の数すら確かめようがなかった。

「つくづく、金五郎殿がいてくださってよかった。ところで、金五郎殿はあまり酔っておられませんね」

「ああ、どうも昼過ぎから腹の具合がおかしくて、飲むふりでごまかしていたんでさ」

「そうでしたか。金五郎殿がほとんど素面であったのも、不幸中の幸いであったかもしれません」

言って、宗与は無理矢理に目元を笑わせる。英俊を運び込んでから、気の毒に思えるくらい金五郎は恐縮しきっている。お弦に責められるまでもなく、責任を感じているのは明らかだった。

「この際だとあまり立場にない言い方ですが、どうか気に病まれますな、金五郎殿。宗与家からすれば、感謝こそすれ恨む道理などありません」

金五郎は疼痛《とうつう》を堪えるように歯を食いしばると、下を向いた。お弦はまだ、眦をきつく尖らせて金五郎を睨みつけている。

息の詰まる沈黙がいくらか過ぎ、

「宗与先生、実は……」

金五郎が顔を上げ、なにか言いかけたその瞬間、玄関に人の訪う気配が立った。

「先生が来られたようだ。これで人心地つければ良いのですが」

滝が落ちるように肩から力が抜ける心地がして、宗与は己がいかに気を張りつめていたかをいまさら思い知るのだった。

「申し訳ありませんが、先生にも英俊が倒れているのを見つけたときのことを話していただけますか。私が話すより、その方が間違いありますまい」

金五郎を伴い、宗与は医者を迎えに玄関へと足を向ける。金五郎がなにかを言いたそうに宗与の横顔をのぞきこんでいるのは、気づかぬふりをした。なにか後ろ暗いところを明かそうとしているのはその様子から明らかで、いまの宗与にはそれを受け止めるゆとりがない。

まだ悪いことが連なりそうな、黒い予感が宗与の胸を塗りつぶしていた。

英俊は木の棒などの硬く細いもので頭を打たれていた。しかも、医者が語るには一度ではなく二度、それぞれ別の向きから殴られているという。

「一回目は、たぶん後ろからでしょうが、真上から振り下ろしで打たれておりますな。それが頭のてっぺんを外しちまって、耳を削《そ》ぐような当たり方になったんですな。禿《は》げ頭《あたま》で滑ったというわけです」

言って、主治医は象牙味の濃い歯を覗かせる。この際口にするような冗談か、と宗与は胸が悪くなったが、つとめて平静を装い、話の先を促す。

「耳は、もったいないですが繋げようがありませんな。で、こいつはどうにも根の深いものを腹に抱えた相手ですよ。一回目で仕損じたと見るや、今度はこめかみを横殴りに打ったのですわ。打ちどころが悪ければ、などとよく言いますが、こめかみというのは三回のうち二回は悪いところに当たるくらい、人の体の急所です。しかし、今回は酔っ払いの上に、一発目で足の力が抜けていたのが幸いしたのでしょうな。ようけ血は出とりますが、傷は大して深くありませんでした。命に障りがあるということは、まずないでしょう」

「そうでしたか。いや、命に障りがないと聞いて安心です。耳を失ったのはいかにも痛ましいが、命あっただけでも、と思うべきところなのでしょうね」

「ま、耳も飾りでついとるわけでなし、聞こえづらくはなるでしょうな。とはいえ、おっしゃる通り命があったのはめっけもんです」

どうにも口の軽々しいこの医者は、解熱の薬を処方し、いくつかの指示を女中らに与えると、明朝また来ると言って宗与家を後にした。外まで見送りに出た宗与は、医者を乗せた駕籠が見えなくなると、今度こそ安堵の息を漏らし、膝の力が抜けてその場にしゃがみ込む。そのせいで宗与は英俊のものであろう血の跡をまざまざ見ることになってしまった。照らされた血糊《ちのり》は、夜の闇を吸って禍々《まがまが》しい。とはいえ、この際こみ上げてくるのは痛ましさより、怒りである。卑劣にも英俊を後ろから打った何者かに通じる、たとえば凶器に用いた棒などが残されていないか、灯りを周囲に巡らせてみた。しかし、手燭の灯りではまったく頼りなく、蜜柑《みかん》の透き通ったような小さき灯の円の外側には、手を差し入れれば湿りそうな闇が沈んでいる。

諦めて英俊の寝かされた座敷に戻ると、お弦と金五郎が気まずい様子で英俊を挟み向かい合っていた。お弦の隣に腰を下ろしながら、

「そういえば、金五郎殿の話を遮ったままでしたな」

何気ないふうを装って、聞いた。英俊の傷が命に障りないものと分かって、いくらか心のゆとりが生じている宗与に対し、金五郎の屈託はいくらも晴れた様子がない。むしろ、未発に潰えた覚悟をもう一度決めなおすのにてこずっているようだった。いっそ朝までも待つつもりで宗与が無言でいると、金五郎はぎゅっと唇を引き結んでから、低い声音で語り始めた。

「あたしはひとつ、嘘をつきました。喜多が帰るって言いだしたのは、あたしとの諍いが元だったんです。あたしが……、あたしが喜多に、ここから失せろ、って怒鳴っちまったんです。あた

しはそれを、自分かわいさで黙ってたんだ。申し訳ねえ、申し訳ありません」

金五郎は床に叩きつけるような勢いで、宗与らに向かって頭を下げた。金五郎の告白を受けて、しかし宗与は怒りどころか同情すら覚えていた。金五郎の言ったことが真実であれば、それを胸に納めておくことは、さぞや重たい痞えだったことだろう。

「そのようなことはおやめください、金五郎殿。その話を聞いた上でも、私はあなたのことを恩人としか思えない。どうして恨むことなどできようか、お願いだから頭を上げてください」

次いで、お弦に横目を送る。お弦はひとつ、大きな溜息を落とすと、長いまつ毛を上げた。

「なんか後ろ暗いところを隠してやがるな、って感じはしてたよ。だからあたしも、無駄に苛々してあんたにきつく当たっちまったんだね。悪かったよ、八つ当たりだった」

金五郎は顔を上げ、首を左右に振る。

「あんたがあたしに謝ることなんてひとつもねえよ。それよか、やっぱりあんたにはばれちまってたんだな」

「なにで揉めたのか知らないけど、どっちか一方が悪い喧嘩《けんか》なんてあるわけもなし、いや、あんたが素面だってことは、兄さんに非があった喧嘩なんだろうさ。まあ、なにが言いたいってえと、あんたがそれでも兄さんを追っかけてくれるようなやつで良かったってことだよ」

お弦はきまり悪そうに金五郎から目を逸らすと、語尾の消え入りそうな声音で、ありがとう、と呟いた。一瞬、はにかんだ笑みを見せた金五郎は、すぐに笑うところではないと思いなおしたのか、沈痛な面持ちを作りなおす。

宗与は肺からせりあがってくる欠伸を、眉間に力を入れて堪えた。ようやく眠気を思い出せるくらい、柔く温かな安堵が身と心を包み始めていた。

4

「なあ、定やん、頼むからもうちっと声張って話してくんねえか。こちとら、耳が取れちまったんでね」

言って、見舞いに訪れた看佐に笑いかける。事件のあった夜から、五日が経っていた。傷口の持っていた熱はようやく引いていて、見舞いにきた友人の相手をできるくらいには体力も回復していたが、やはり耳だけは聞こえづらくなっていた。

「おまえの方こそ、声が無駄にばかでっかくなってるのに気づかねえのかい。きんきんして、こっちこそ耳を捨てたくならあ」

「ひでえことを言う友達だ」

周りの気遣いにも疲れ始めていただけに、看佐とのこうした軽口の応酬が懐かしく、そして嬉しく感じられた。英俊と看佐はいま、八段目を争い合っているが、それでも互いに気のおけない友であることにはなんら変わりないのである。むしろ、この友人が相手であるからこそ、熾烈なる争い将棋すらも楽しかった。

「しかし、大変な目にあったな。なんか、心当たりとかねえのかい。たとえば、旦那持ちの女に手ぇ付けちまったとか」

「あるもんか。おまえを殴ったやつはとんでもねえ恨み持ちだ、なんて聞かされて、熱が出るほど考えたけどよ。考えるほど俺ってやつはつくづくできた人間だって思うわけよ」

人の恨みなど買うわけがない、と剽げてみせるが、看佐は思うところがあるのか、表情を曇らせる。

「世の中には、相手になんの非がなくても、恨みを拗らせるやつだっているんだぜ。やれいい暮らしをしてるとか、きれえな娘と付き合ってるとか。あるいは、そういう分かりやすいやっかみじゃなくて、くさくさしてるときに鼻歌うたってる姿を見て腹が立った、みたいなこともあるかもしれねえ」

「そんなやつ、いたとしても俺からじゃ察しようがねえよ」

言って、英俊は目を天井に向ける。実はこの事件について、言うべきかどうか迷っていることがひとつあった。宗与やお弦にそれを言えば、かえって話がややこしくなると考えたからだ。しかし、宗与やお弦には黙っても、看佐にだけは言った方が良いような気もし始めている。それは家族と友人の違いではなく、相手が看佐であるからとしか言いようがなかった。

「ただの聞き間違いかもしれねえと、ほかの連中には口を閉ざしていたんだが」もったいぶったタメを作り、英俊は思いきり眉間にしわを寄せる。「どうも、俺は関わりのねえことで、殴られたんじゃねえかと思うんだよ」

「誰かと間違えられた。そう言いてえのかい」

「こけてから、意識が飛ぶまでにいくらか間があったんだよ。痛いってのは、感じなかったな。こう、ふわっ、とした感じなんだ。だから、はじめのうちはいままで知ったことのない酔い方をしてるんだと思ったよ。殴られたって気が付いたのは、頭の上から聞き覚えのねえ声がしたからだ。間違えた、こいつじゃない、ってな」

「それは、どんな声音だったんだい。誰の声か分からなくても、焦ってるふうだった、とかあるだろう」

「いやあ、分からんね。だから、聞き間違いだったかも、って思うんだけどな。けど、ぶっ殺してやる、って覚悟で襲ってきたやつが、倒れてる俺にだめ押しの一発もくれねえで退散したってのは、考えてみれば妙な話だろう」

英俊の話に、看佐はあまり納得がいかない様子だった。ない髪をかき上げるような格好で考え込んでいる姿を見ると、やはり看佐にも言うべきではなかったかと思えてくる。英俊は胡坐《あぐら》を肘の支えにして、頬杖《ほおづえ》をつく。

「ところで、今年はいよいよ公方様の上覧があられるようだぜ」

「喜多、おまえまさか御城将棋に出るつもりじゃあるまいな」

「休む方がまさかだろ。それとも、頭を殴られて俺があっぱっぱあになっちまったとでも思ってるのかい」

「万全じゃねえのは確かだろうが。無茶すんなよ、誰が将棋を観《み》に来るだとか、どうでもいいじゃねえか」

「まだ一月もあるんだ。なんなら耳も生えてくるかもよ」

言って、英俊は笑おうとしたが、息が変なふうに喉に絡んでしまった。英俊が咳《せ》き込む姿を見て、

「どうも長尻だったみたいだな。俺のせいで治りを遅くしちゃいけねえ、また来るよ」

看佐はそろそろと帰るつもりを見せた。英俊からすると名残惜しいが、まだ微熱の燻る身体《からだ》を起こしておくのが辛《つら》く感じ始めていたのも事実である。せめて表まで見送りに出ようと、腰を上げるのも大儀だった。

「見送りはいいよ、それで悪くされちゃ、いよいよ見舞いに来た甲斐がねえ。ところで……」帰りの間際、看佐はひとつの疑問を口にする。「さっきの話、なんで俺にだけは言おうって思ったんだい」

「なんでかって、別にこれといった理由もねえけど」

そうか、と呟いた看佐の切なげな表情に、ぎくりと嫌な心地が胸を嚙んだ。もっと看佐に対して特別な友情を抱いているふうなことを言ってやるべきだったか。否、友の見せた屈託がそういうものでないことくらい、英俊にも分かっている。

看佐が部屋を後にし、ひとりになると、話しすぎた、という後悔が押し寄せてきた。しかし、それはそれとして、まだ話し足らない淋《さみ》しさも嘘ではなくあるのだった。

看佐の見舞いの後、英俊は熱をぶり返して三日ほど寝込んでしまった。負担になったというよ

り、たまさか時期が重なっただけのような気もするが、伊藤家からは手紙で気配りの足らなかったことを謝られ、見舞いの客も来ないとなれば英俊は気がくさくさして仕方がなかった。こうなると、頭に浮かんでくるのは将棋のことである。

「もう十日も盤駒を見てねえや。お弦、持ってきてくんねえか」

お弦は英俊の看病のため、いまは母屋に寝泊まりしていた。とはいえ、生来がさつで、細かい手仕事も不得手なこの妹は、女中らにまじってさしたる戦力にもならず、かえって邪魔になることが多いくらいであった。悪いことに、女中らがやんわりと言葉の裏に忍ばせる、ありがた迷惑、の意を汲《く》み取《と》る機微もないものだから、来る日も来る日も頓珍漢《とんちんかん》を繰り返し、いまも英俊が臥《ふ》せっているそばで、はたきを手に部屋中を行き来していた。枕元には水を張った盥《たらい》がおいてあるが、お弦が撒いた埃《ほこり》がぷかぷか浮かんでいる。

「日にちも数えられないのかよ、兄さんは。まだ九日しか経っちゃいないよ」

「とってつまんねえ揚げ足だよ。御城将棋まで　月もないんだから、そろそろカンを戻しとかねえと」

そうは言ってもねえ、とお弦はしかつめらしい顔を作る。将棋で深く頭を使ったら、傷口から血が噴き出すのではないかと、心配しているのだった。英俊の記憶は定かでないが、最初の二、三日はそういうことがあったらしい。

「そういや、ずっと聞きそびれてたわ。兄さんったら、なにを言って金五郎を怒らせたのよ」

お弦はふと、話題を転じる。口の中に苦々しいものがこみ上げてきて、英俊の声は思わず尖った。

「なんで俺が悪かったと決めつけてんだ」

「あら、違ったの」

もっとも、英俊の怒気に怯むような妹ではなかった。意外そうに眉を上げた表情は、その実まったく心を映していない。なにより忌々しいのは、お弦の決めつけが外れていないことである。

「四段そこそこのへぼ指しが、って言っちまったんだよ」

舌打ちをして、英俊は顔を背けた。お弦は、

「なんだよ、あいつ。てめえで言ってることを言われて怒ったのか」

険のある言葉とは裏腹に、声音に動揺を滲ませる。

表を飄々《ひょうひょう》と取り繕ったところで、将棋家に、まして名人の子に生まれながら棋才を持たぬことは、心を膿《う》ませる痛みなのだ。同じ痛みを胸に埋めた棋士を、兄妹《きょうだい》は知っている。

やおら立ち込めた湿っぽさを紛らわすように、お弦はわざとらしく声を励まして言った。

「さっきの話だけどさ、いっそ鐐英の相手をしてやりなよ。それだったら、兄さんもそこまで気を詰めて考えることもないでしょう」

「なるほど、それはいい考えだなあ。けど、手合いは角落ちがいいな。病み上がりの上に飛落ちはちっとしんどい」

英俊はお弦ほど頻繁に鐐英に将棋を教えているわけではないが、決して情が薄いつもりはなく、むしろ留次郎贔屓のお弦に対し、自分は鐐英贔屓だという自負すらあった。宗与との親子関

係の不調をまず気に掛けたのは英俊であったし、実は鐐英のために実戦形の詰物を何題か作りためている。もっとも、詰物を蔑視する宗与の顔色も気になって、いまだ表に出しそびれているのだが。

「宗与先生にも話してみるわ。昨日あたりから顔色も良くなっているし、早かったら明日にでも鐐英を連れてこられるかもね」

言って、お弦は手に持ったはたきを放り捨て、部屋を出ていってしまった。

翌日、お弦は言った通りに鐐英を連れてきた。

事件があってから、鐐英が英俊のもとを訪うのは初めてだった。子供の目にはあまりにも痛ましい姿であると、宗与が判断したためである。一日経ったいまでは、包帯も日に二度取り換えれば済む程度まで良くなっていたが、それでも鐐英は英俊の姿を見て息を詰まらせる。

「そんなに気味悪がられちゃ、落ち込んじまうよ」

からかってやると、鐐英は手を胸の前にしながら必死に否定する。その仕草に、英俊は口元が綻ぶのを堪えきれない。お弦はというと、抱えてきた盤を床に置き、いかにも大儀だったと言いたげに肩を動かしている。

「さて、お弦には出ていってもらおうかな」

「なんでよ」

「なんでって、気が散るからだよ。ここ何日かて、おまえほど人の気を散らす名人はいねえって

「そういう迷いじゃねえよ。おまえさん、自分がどういう将棋を目指したらいいか、分からなくなっているんだ」

「当然、迷います。でなければ、良い手に辿り着けません」

鐐英がそろそろ指し手を決めたであろう頃合いを見計らって、英俊は声をかけた。

「どうも迷いがあるようだな、鐐英」

てそれは無理筋の悪手となって盤面に現れた。

さて、このあたりだ。鐐英が長考に入ったのを認め、英俊は眉間に力を入れる。寄せのある局面での長考は、例の悪癖の前兆だった。宗与が理想とする将棋を意識するあまり、いまの棋力にそぐわない早い寄せを目指そうとする。心がけるだけで棋力が伸びるはずもないから、結果とし

お弦との棋譜からある程度知ったつもりになっていたが、鐐英の序、中盤の指し筋は十という歳からはかけ離れてしっかりしており、七段目の英俊でも気を抜いて指せる相手ではなかった。初段に上がれていないことが、不憫《ふびん》に思われるほどの腕前である。病み上がりという言い訳はあるにしろ、終盤の手前で形勢ははっきり下手の鐐英が良くなっていた。

「はい、よろしくお願いします」

「手合いは角落ちでいいかい」

英俊の言い様にお弦は不満げだったが、怪我人《けがにん》の意思を丁重にしないわけにもいかず、しぶしぶ部屋を出ていった。鐐英は英俊がお弦を追い払った意図が計りかねるらしく、大きな目をさらに丸く開いて、小首を傾げている。英俊はこの際、鐐英とふたりになりたかったのだ。

思い知ったんでね」

なってるんじゃないのかい」

鐐英の長いまつ毛がぴく、と跳ね上がる。核心を突いた手ごたえがあった。この少年を迷いの闇から救ってやれるのは自分だけだという、ともすれば思い上がりのようなことを英俊は考えている。なぜなら、それはかつて英俊も通った迷いであるからだ。

「父上は私に宗英の、雪の将棋を目指せと言われます。しかし、私には雪の将棋とはどのようなものであるのか、父が語るのを聞いても摑めないのです。詳しく尋ねても、詩でも諳んじるような曖昧なことしか答えてもらえず……」

英俊は顔を顰め、長息する。鐐英の葛藤は、実のところまったく自然なものだった。宗与自身が、宗英の将棋の本質を摑めていないからだ。それを英俊が悟るようになったのは、四、五段目に上がってからだが、そこに至るまではいまの鐐英と同じく雪の将棋に胸を嚙まれていたものである。

ひとつ違うのは、英俊が鐐英ほど真面目な子供ではなかったということだ。

「大宗英の将棋は、確かにほかに並ぶ者のない優れたもんだ。歴代のどの名人だって敵うまいよ。けどな、大宗英の将棋だけが神妙に至る唯一ってことはないと思うんだよ」

そもそも宗英ですら神妙には達していないのではないか、とはさすがに七段目の身では不敬が過ぎて口にできない。

「私も、己の思う将棋を目指してよいのですか」

「さっき自分で言ってたじゃねえか、良い手は迷って見つけるもんだってな。最初から行き先を定めてたんじゃ、迷おうにも上手く迷えねえだろう」

上手く迷う、とは自分で言って妙な言い回しだと思ったが、鐐英にはなにがしか響いたところがあったようで、唇をぎゅっと引き結んで、俯いている。しかし、ただ下を向いているのではなく、その目には力があった。

「褒めてもらいたいがために、父上の好む将棋を目指している浅はかさには、自分でも気づいていました。そのような心持で良い将棋が指せるはずもないと知りつつ……」

「最後には、やっぱ雪の将棋こそが、って戻ってくることになるかもしれねえな。けど、それはいまじゃねえや」

英俊の言葉に、鐐英はいくらかの納得を示したものの、まだ思い切れたというふうではない。鐐英の頑固な気質を知っている英俊としても、一回でその屈託をすべて払ってやれるとは思っていなかった。とりあえず、まったく拒絶されなかっただけでも、いまのところは十分である。

「俺も本調子じゃねえ。今日のところは、ちっと緩めて指してくんねえかな。上手からこういうこと言うのはおかしいかい」

鐐英は顔を上げると、首を振った。英俊を見返すその瞳は霜が取れたごとく黒く澄んでいる。舞うような手つきで盤上に手を伸ばすと、自玉の憂いを消す受けの手を指した。自身の棋力を弁《わきま》えた好手である。手強《てごわ》い一手に、英俊は気を引き締めなおす。大駒落ちの上手は、決して下手に楽をさせてはいけないのだ。

読みに没入し始めたそのときだった。

頭の奥に鋭い痛みが走り、視界が揺らめいた。目を瞬く。もう視界は揺れていない。気のせいか。そう思いかけて、すぐに異変に気づく。最前まで考えていた読み筋が、まったく思い出せない。それどころか。

目の前の盤面は、いま初めて見たような見覚えのなさだった。

5

他家はいったいなにを考えているのか。大橋家の十一代目当主、宗金は憤懣やるかたない。宗与家の後継ぎである英俊が暴漢に襲われ、大怪我を負ったのは先月の半ばごろである。英俊の体を慮るのであれば、御城将棋は取り止めにすべきというのが、大橋家の考えだった。宗金からすれば当たり前のことで、伊藤家、宗与家からも早晩そういう話が持ちかけられるものと見ていたが、今日はすでに十一月の三日である。

「私の申した通りになりましたな、十一代目。御城将棋を取り止めにして利があるのは、大橋家だけです」

宗金の向かいに座る太りじしの男は、大橋家師範代河島宗臨である。手癖なのか、本当に暑がっているのか、冬であるというのに扇子を使っている。段位こそ六段目で並んだものの、宗金はいまだこの師範代に頭が上がらない。

「伊藤家はともかく、宗与家までもとは。宗与殿は英俊殿の体を第一に慮るはずと信じておりましたのに」

「あれはとんだ狐《きつね》ですからな。今年の御城将棋は公方様の上覧があられるとなれば、弟子の体など二の次、三の次でしょう」

「宗与殿はそのようなお人ではない」

宗金は拳を床に打ち付けたい衝動を、すんでのところで堪えた。つくづく、宗与家との関係がこうまで拗れてしまったことが悔やまれる。

「こう考えなさいませ、宗与家との仲が悪くなったのは、それ自体が交渉の道具となります。宗与家とて、いつまでも大橋家といがみ合うつもりはないでしょうしな。こちらから歩み寄りを見せ、それに釣り合う譲歩を引き出してやりましょう」

「まったく、政治ですか。不本意極まりないことです」

「不本意ですが、あちらがそうなのだから仕方ありませんよ。なに、それも年が変わるまでです」

まるで他人事のような顔をしやがって。河島の澄まし顔に、宗金は胸の裡で毒づいた。気に入らないのは、この男が宗与を隠居に追い込んだことを手柄のように誇っており、それを隠そうともしないことである。宗与の引退が将棋家全体から見れば大きな損失であることぐらい、政治に疎い宗金にだって分かる。

「十一代目、もはや大橋家が嘴を挟むことではない、などとは言っておれませんよ。梯子《はしご》を外されかけておるのですから。両家に御城将棋の中止を呼びかけなされ。宗与家の賢《さか》しい狐を追い落とした私の手際を信用なさい。必ず良いようにしてみせます」

「師範代、重ねて言うが私は宗与殿の隠居には得心しておりませんよ。あなたの失策だ」

「よう言います。あの狐がおるうちは、十一代目の志す政治の力なき将棋家はありえません。なんのために私が本意を鎖《とざ》して、政治に奔走しておるとお思いですか」

　こうやって宗金を怒らせるのが、河島の常套手《じょうとうて》だった。分かっていても、年若い宗金は左右に受け流すことができない。宗金が頭に血を上らせた時点で、この綱引きは河島の勝ちである。

「そうまで言うのであれば、宗与家と渡り合ってみましょう。ただし、御城将棋のことではなく、宗与殿の隠居を思いなおしてくれるよう、お願いしに行くのです。まったく、とんだあなたの尻拭いだ」

　宗金の嫌味はめいっぱいだが、しかし薄皮一枚ほども河島の顔色は変わらない。白々しく声音だけ萎《しお》れさせて、お手間をおかけして、などと謝ってくるのが余計に宗金を苛立たせた。さらに、

「そういえば、宗与家に英俊殿のお見舞いに伺いたいとお便りしております。うっかり、言いそびれておりましたわ」

　などと、ぬけぬけ言い放す。いつのことかと聞けば、二日も前だと言うので、宗金は眩暈しそうになった。見舞いの連絡だけして、三日も空けるなど、宗金からすればけしからないことである。否、河島はどうしても宗金を宗与家に送り込みたいのだ。

「今日という今日は、あなたへの信頼が尽きましたぞ、師範代」

河島相手には露ほども響かないであろう言葉を吐いて立ちあがると、宗金は肩を怒らせながら座敷を後にした。

宗与家の奥座敷で、宗金は宗与と向かい合っている。英俊の見舞いは、型通りに二、三言を交わしただけで、いかにも儀礼的に済んだ。英俊の体を慮って手早くしたというのは建前で、もとより宗金と英俊は馬が合わないのだった。

「英俊殿のお加減は、まだお辛いようですね。ひどく面やつれして、痛ましさに胸が詰まる思いでした」

「なに、夜遊びに出られないから気塞いでいるだけですよ」

当たり障りのない話を繋ぎながら、宗金はいかに話の向きを本題に向けようか窺っている。宗金は宗与に隠居を考えなおすよう、談判するつもりだった。しかし、宗与もそういう気配を察してか、話を違う方へ逸らそうとする。

「実は、伊藤家から御城将棋についてお便りをいただいております。どうも、鬼宗殿は取り止めにするつもりはないようだ」

「なんという無茶な。そのような横暴……」

言葉途中で、宗金ははっと気づく。いまの状況は、まさに河島が思い描くそのものではないか。しかし、ここで御城将棋の中止を訴えるのは河島の思うつぼのようで癪《しゃく》だが、自分たちのときは仮病で一月も対局を止めておいて、本当に大怪我を負った英俊には対局を強いる伊藤家の身

勝手は許しがたい。河島と伊藤家、より忌々しいのはどちらか、宗金が胸の裡で争わせていると、

「私としては伊藤家がなにを言ってこようが、英俊は休ませるつもりでおりました。しかし、本人がそれを承服しません」

言って、宗与は苦々しい表情を作る。宗金はというと、絶句である。最前見舞ったばかりの英俊は、とても将棋など指せるような姿ではなかった。頬がこけ、眼窩《がんか》の落ちくぼんだ顔は、まるで柳が枯れたように見えた。なによりぼんやりしていて、宗金の言葉にも曖昧な反応を示すばかりだった。

「隠してもいずれは知れること。この際、宗金殿にも明かしておきましょう」宗与は疼痛を堪えるように頭を抱え、こめかみのあたりを親指で圧ねる。「英俊の耳が、思った以上にはかばかしくありません。こめかみを強く打たれたことが、障りとなったようです」

英俊の左耳は、ほとんど聞こえなくなってしまったことを、宗与は語った。将棋家の当主は公儀との交渉事もこなさねばならない立場にある。ことに頂上である名人は耳を悪くしては到底務まるものではなかった。名人が務まらないのでは、その止式な後継である八段目にも上がることはできない。英俊の家元棋士としての道は、ここで潰えてしまったのだ。

「せめて公方様の上覧があられるこの御城将棋が花道としたい、英俊はそう考えておるのでしょう」

宗金は腹の底が煮える感覚に、じっと耐えるほかなかった。知らぬことだったとはいえ、英俊

最後の晴れの舞台を取り潰そうとしていたとは、汗顔の至りだ。しかし、拳をわななかせる宗金に対し、宗与はさらに信じられぬことを口にした。

「伊藤家はおそらく、英俊の耳のことをすでに知っておるのでしょう。英俊が八段目争いから引くとなれば、この御城将棋の勝敗はただごとではなくなります」

英俊と看佐の八段目争いで、伊藤家は現在のところ三連敗を喫している。このまま英俊に勝ち逃げを許せば、看佐の八段目は少なくとも二、三年は沙汰されなくなってしまう。それを避けたい伊藤家は、なんとしてもこの御城将棋を取り止めるわけにはいかないのだった。最後にひとつ、それも御城将棋という舞台で星を返しておくことは、看佐の八段目を進めるうえで大きな強みとなる。

それにつけても、なんと醜き政治の駆け引きか。伊藤家が英俊の耳のことを知っていたのであれば、河島も然《しか》りであろう。そして、伊藤家のそれとは真逆の意図から、御城将棋を取り止めにしようと目論んでいるのだ。

「そういうことであれば、私は口を挟むことを控えます」

宗金はもはや、関わる意欲を失《な》くしていた。しかし英俊の邪魔だけはすまいとも思っていた。馬が合う、合わぬは関わりなく、同じ棋士として、その境遇に胸を痛めずにはいられなかった。

「雪ですな。それほど寒くも感じられないのに、不思議なことです」

宗与と並んで濡《ぬ》れ縁《えん》に立ち、遠くを見やるように目を細めるのは宗与家門の重鎮、福泉藤吉だった。この日行われる御城将棋の内調べの立会人として、宗与が招いたのである。

「雪など降れば、この庭も少しは見栄えしますか」

宗与家の庭は、他家のそれと比べ殺風景だ。これはこれで風情がありますよ、と福泉は取り繕うが、冬であるにしても彩に乏しい。

「しかし、私などが立会でよろしいのですか。将棋家の棋士でもありませんのに」

「お願いしたのはこちらではありませんか。英俊は福泉先生を第一の師と仰いでおりますよ。もちろん、私もですが」

福泉は感じ入ったように顎を引く。本来であれば家元の棋士が務める御城将棋の立会人を、強いてこの福泉に依頼したのは、実のところおためごかしだった。長く宗与家を立ててくれた重鎮への敬意を示したかったという以上に、宗与は英俊の絶局とも言うべき将棋に立会う覚悟がとう とう持てなかったのである。福泉もそれを察しているのだろう、だから何度も問うてくるのだ。その気遣いは宗与にとってありがたく、そして少し気重くもあった。

降り落ちる雪が、濃さを増す。と、紗のような雪の幕を透かして、歩いてくる人影が見えた。

ふたりいるから、伊藤家の鬼宗と看佐であろう、宗与がそう当てをつけていると、

「藤吉さん、藤吉さんではないか」

影のひとつが立ち止まり、大音声で呼びかけてきた。福泉は目を瞠《みは》って驚いている。鬼宗と思《おぼ》しき影が向きをこちらに変えたのを認めると、まったくもう、と呟きをこぼして庭に降りた。

「鬼宗殿はあのお歳ながら、あまり目も衰えておられません。当人は細かい字が見づらくなった、などと申されますが」

福泉に続いて、宗与も庭に降りた。鬼宗は看佐を置き去りにして、ずんずんこちらに近づいてくる。その顔かたちがはっきりしてくるにつけ、よくぞ鬼宗はあんなにも遠くから福泉の顔を見分けられたものだと、感心を通り越して呆れる思いだった。

「藤吉さん、久しいな。また目方が減ったのではあるまいか」

「私など馬の骨、福泉と呼び捨てなされ。とはいえ、ご無沙汰しておりました。名人はいよいよ貫禄《かんろく》がついてきましたな」

「馬の骨だと、馬鹿なことを言われるな。私が将棋を教わったことがある人は、もはや藤吉さんぐらいしかおられぬ」

言って、鬼宗は邪気のない笑い声を立てる。福泉はいよいよ恐縮して、肩を縮こまらせた。鬼宗と福泉、歳近いこのふたりは、若かりし日には鎬《しのぎ》を削り合う好敵手の間柄にあった。もしか福泉が将棋家の人間であれば、いまでもその関係は続いていたかもしれぬ、というのは言いすぎとしても、福泉は鬼宗が敬意を以《も》って対する数少ないひとりだった。

鬼宗と福泉が話しているうちに、看佐も追いついてきて、宗与に目顔で会釈する。

「大橋家はまだ来てねえみたいですね。たいてい、一番遅く来るよなあ、あそこは」

何気ないことを口にしながら、しかし看佐は親友である英俊の体調を聞いてこなかった。仮に英俊が万全でなくとも、手を抜くつもりはないという意思を示されているようである。

視線を横に向けると、鬼宗が濡れ縁から座敷へ上がりこむところだった。いまさら玄関に回るつもりもないあたり、おおらかな伊藤家の家風が表れている。

「大橋家もじきに来られましょう。看佐殿も家に上がられよ、風邪など召しては、香落ちでも英俊に後れますよ」

風邪引きと香引きか、そんな軽口を利きながら、看佐も濡れ縁から座敷に上がる。鬼宗と福泉は、それぞれ子供のような屈託ない笑顔で懐かしみ合っている。なにごともなければ、英俊と看佐の数十年先を見ているような心地がしたことだろう、そう思うと、宗与は胸が切なくなるのだった。

いたたまれなさを感じ、目を逸らすように庭の方を見やると、宗金だろう人影が歩いてくるのが見えた。


内調べの宅番を務める家は、公儀に差し出す棋譜などの書類作りも担当する。人手の足らない宗与家にとっては、なかなか大儀だ。厄介なのは、棋譜の書き上げに、いろは式という書式を用いなくてはならないことである。いろは式とは升目ひとつひとつに字を当てた表記式で、これが縦横の数字を組み合わせるやり方と比べて分かりづらい。御城将棋の書き上げをこの方式に定めたのは、無類の将棋好きであった浚明院だ。将棋家にとってはまことありがたい公方ではあったが、唯一の恨みどころが、いろは式の推奨である。この年の手合いは英俊と看佐の一局に絞って行われるため、仕事の量は常の年より少ないのが救いだった。

「大橋家の師範代はずいぶんとご立腹らしいではないか」

御城将棋が一局のみということは、それ以外は手明きということである。三家の当主が一堂に会する控室で、鬼宗はさも愉快そうに顎を指で擦りながら宗金を見やる。

「どこでお聞きになられましたか」

「どこでも聞いていないが、そうだろうと鎌をかけてみたのだ」

鎌をかける行為の是非はともかくとして、大橋家の重鎮である河島が、今回の成り行きをおもしろく見てはいないだろうというのは、宗与にも予想のつくところだった。大橋家のことだけを考えるなら、この御城将棋は行われない方が都合良かったからだ。大橋家の利が第一な河島のこと、この御城将棋を取り止めに追い込めなかったのはいかにも痛恨であったはずだ。

「あれも棋才はあるのだから、将棋だけに打ち込めばまだ伸びしろもあるだろうに。なあ、宗桂殿」

呼び間違えは、あえてだろう。鬼宗はかつて宗金の父である先代宗桂に政治的な嫌がらせを受けたが、河島がそれに与《くみ》していたことを言の裏に潜ませているのである。鬼宗としてはからかい程度のつもりかもしれないが、宗金は俯き、顔を上気させ屈辱に耐えている。

福泉が棋譜を伝えに現れたのは、ちょうどそのときだった。

「進みましたよ。後手が二筋に歩を受け、先手が銀を上がりました」

「銀を上がったというのは、二七にか。看佐はまた、その銀を上がったのか」

福泉に確かめ、鬼宗は溜息をつく。二七から飛先に銀を出ていくのは飛香落ちの下手が稀に用いる作戦で、看佐はしばしばこれを平手でも採用するのだった。

「まったくない作戦だとは言わないが、やはり中央が薄いのは気になるな。藤吉さんはどう思う」

対局室に戻らねばならないところを引き留められ、福泉は困惑顔である。しかし、鬼宗は意に介さず、対局室には弦女もいるのだから、と言って無理矢理福泉を向かいに座らせた。こうなっては読み筋を披露するしかない福泉は、腕を組むと検討のために用意された盤を睨みつけた。

「先手は銀を繰り出して角の頭を狙うわけですが、これがなかなか馬鹿にしたものでもありません。銀を五段目に出られては面倒なので、後手は桂を跳ねて防ぎたいでしょう。しかし、単に桂を跳ねるのは角筋が塞がるので、跳ねる前に角を換えるでしょうね」

福泉は盤上で実際に駒を動かしながら読み筋を語った。鬼宗はその手順に頷き返しながら、しかしまったく同意というわけではないらしく、不服そうな眼差しを盤上に突き立てている。

「そう進めるのが無難だと思うが、しかし後手からするとあまり跳ねたい桂ではないな。自分から角を換えるのも手損だ。角換えと桂跳ね、どちらか一手は指すとしても、両方は指したくない」

とりあえず、と鬼宗は角を換えずに桂を跳ねる順を調べ始めるが、なかなか後手にとって芳しい変化は見つからない。先手の銀は四筋に引いて立てなおせるのに対し、桂で蓋をされた角は使い道が限られてくる。名人鬼宗をして、この順はだめかと諦めかけたところで、お弦が控室に姿を見せる。

「福泉先生、対局室に戻られないと思ったら名人につかまっていらしたのね」

「進んだかね」

「ええ、進みました。先手が三六銀、対して後手は三三桂」

「なに、角を換えずに桂を跳んだのか。でかしたぞ、そうこなくてはおもしろくない」

鬼宗は手を打ち鳴らして喜び、今度はお弦に検討に加わるよう促す。入れ替わりに、福泉はお役御免となった。

お弦と検討を進め、いよいよ溌剌《はつらつ》とした様子の鬼宗に、宗与は胸の潰れる思いだ。おそらく、英俊がその先に好手を見つけたのだと色めきたっている。しかし、そうでないことを宗与は知っていた。

棋士は、盤上で己を偽ることができない。鬼宗は、そして対局者である看佐はじきに知ることになる。

英俊がもはや、以前のようには指せなくなっていることを。

桂跳ねに対し、先手看佐は昼を越して考え続けている。一手にかけてよいのは二刻まで、というのが暗黙の決まりだが、そろそろその二刻になろうとしていた。

「だいたい、長く考えるとかえって妙な手を指してしまうものだ」

お弦と隈《くま》なく手を調べつくし、自然に指して先手の模様が良いと結論した鬼宗は、看佐が悩んだ末に凝った手を指さないかを気にしていた。長考の末に悪手を指すというのはありがちなことで、奇手奇策を好む看佐のこと、なおさら不安も大さいのだろう。将棋にかけては錬磨の鬼も、我が子のことになれば存外世間並みの親なのである。だからこそ、福泉が控室に現れ、四六歩という大本命の手を告げたときは、

「そんなありきたりな手にこうも時を費やしたのか」

などとくさしながら、顔は安堵の色を隠せていなかった。四六歩は最有力として深いところまで調べた手であるので、鬼宗は先のように福泉を引き留めない。代わりに宗与が近づき、低い声音で話しかける。

「英俊はなにか変わった様子などありませんか」

「ええ、いまのところは。むしろ、潑溂として見えるくらいですよ」

「できるだけ注意深く見守ってください。かすかでも様了のおかしいところがあれば、すぐお知らせいただきたく」

「対局室にはお弦もおりますし、様子が違えばどちらかは気づきます。七代目はあれをがさつだと嘆かれますが、どうして細やかなところに目がいく子ですよ、お弦は」

言って、福泉は控室を後にしたが、いくらもしないうちに戻ってきて指し手を伝える。先の長

考のうちに読みがまとまっているのだろう、手がすらすらと進みだした。二十九手目の局面、後手は中央に銀二枚を並べる好形を得たものの、やはり角と桂の並びが冴えず、また先後ともに居玉であるから、もう何手かは駒組みが続くと思われた。鬼宗は九四歩と端を突く手を本命とし、それ以外として六二か五二に金を上がる手を挙げている。先手の狙い筋のひとつとして、端に角を出る手、いわゆる幽霊角があり、九四歩はその防ぎだ。いずれにせよ後手陣はまだ備えが足らず、戦いが起きるのはまだ先というのが鬼宗の見立てで、宗与、宗金とも同意見だった。

しかし英俊はこの局面で動いた。

「間違いなく、後手の指したのは七五歩なのか、藤吉さん」

鬼宗が訝しみ、聞き返すほど意外な手である。なにせ、後手は角が攻めに働いていないのだ。

「七五歩は、同歩なら六四銀と出る狙いだな。それは後手の勢いが良いから、ここは歩を取らず、銀を上がって角頭を受けるだろう。そこで後手は七二飛と回るのか。攻めとしてはある筋だが、これをやるなら先に金を上がっておかねばならんだろう」

鬼宗は後手の五三銀が浮き駒であることを指摘する。浮き駒とは、自駒に守られていない駒のことで、浮き駒に手あり、と言われるくらい攻めの目標とされやすい。居玉に浮き駒と、後手はいかにも隙だらけである。

「七二飛のあとは、七五歩。ここで六四銀は六五歩と催促されて、いずれ幽霊角に悩まされるだろうな。これの防ぎに九筋を突いておきたかった」

言って、鬼宗は九五の地点を指で叩く。ここに角を出る手が王手になるのが、居玉の泣き所だ。

「六五歩と追われて銀を下がるしかないのでは、後手はなにをやっているのか分からんな。となれば七五歩には同飛だが、これには八筋を突く手があるぞ。同歩は同角が飛と銀の串刺しで、今度は浮き駒が祟《たた》る」

どの変化でも後手は歩損を免れない。たかが一歩、されど一歩である。ことに手が浅いうちは駒得の利が高い。

「実は、すでに八筋の歩を突きあげるところまで進んでいますよ。ここ数手は互いに指した相手の手が引っ込むやいなやの勢いで進みましたが、さすがに後手の手が止まりましたね」

「そうだろうよ。歩損を喫するに及んでは、後手はもう戦いにせねばなるまい。しかし、この局面では一手受けが必要だ。どうもちぐはぐだな、今日の英俊は」

と、鬼宗はなにかに思い至ったように眉根を寄せる。いよいよ、そのときが来たか、宗与は居住まいを正した。

「……聞こうか、宗与殿」

鬼宗はぎろりと鋭い眼差しを宗与に向ける。宗与は気を静めるようにひとつ息を吐き出してから、強いて平静を装い、言った。

「傷を負って以来、英俊は将棋に障りが出ております」

宗与の告白に、鬼宗はそうか、と呟きを落として首を振る。看佐と競わせてはいるものの、鬼宗ほどの棋士が英俊の力を認めていなかったはずがない。鬼宗の痛恨をまざまざと見、宗与はいよいよ胸が苦しくなった。場の空気がいたたまれなく感じたのか、福泉はそっと控室を出ていく。

「出てくるからには、将棋に障りはないものと思っていた。ようも欺いてくれたな、宗与殿」

鬼宗の恨み言にも、返す言葉がない。しかし、英俊の心を思えばほかにどうすれば良かったのかも分からないのだった。

それからは、きっかり四半刻《しはんとき》ごとに福泉が控室に現れ、指し手を告げていった。英俊は一筋から角を覗き、四筋を絡めた攻めに出たが、看佐に正しく応じられると無理筋である。六九から七八へ玉の位置を移したのが落ち着きある好手順で、五十四手目、六二金と自陣に手を戻さねばならないのでは後手が失敗の形勢だ。

控室では、もはや検討の盤は動かされていなかった。一刻半の間に、聞かれたのは常駐しない福泉のものだけという、重苦しいというより、異様な空気に満たされている。と、少し前に指し手を告げていったばかりの福泉が現れる。まるで、廊下を行き来してきただけのような間の開かなさだ。

「なにかあったのですか」

福泉が口を開くより先に、宗与は膝立ちの姿勢を取っていた。返答を得るまでもなく、福泉の表情が物語っている。見つめ合って硬直する宗与と福泉の間に、宗金がやおら割って入る。宗金に詰め寄られ、ようやく福泉が言葉を発した。

「それが、突然頭を、こめかみじゃなくて、額の上あたりなんですが、とにかくそこを押さえて前屈みになりまして、とにかく、すごい汗をかいています」

動転してか、福泉の説明は要領を得ない。それでも、なんとか言葉を継ごうとするのを遮って、

「ただごとではないことは分かった。宗与殿、藤吉さんについて対局室へ行かれよ。いや、私も行った方がよさそうだな。宗金殿はここに残っていてくれ」

指示を与え、鬼宗はもう廊下にまろび出ようとしている。だが、鬼宗の慌てる姿を見て、宗与の思考はかえって冷えた。将棋しか能のない男が何人も集まったところで、狼狽えるほかなにができよう。

「私は、先に頼りになりそうな女中を呼んでまいります」

「おお、そうか。確かに、私らが何人集まってもこの際では猫の手にもならんな」

宗与の意見に納得を示し、鬼宗は福泉と共に控室を出ていった。自分も女中を呼びに走らねばならないのに、宗与は膝立ちの姿勢から立ちあがることができない。

どうして、このようなことになってしまったのか。もはや将棋の内容までは望んでおらず、ただ無事に終わってくれることだけを願っていたというのに。

座敷には、血のように赤い夕焼けが差し込んでいる。

宗与家で一番年嵩な女中のおたみは、あたしなんかお役に立ちますかどうか、などと人聞きは謙遜するようなことを言いながら、明らかに面倒に絡まれるのを避けたい様子だった。埒が明か

ぬので、ほかの女中を連れていこうとすると、それも気に入らずごねるので、思いがけず宗与は無駄な時間を食ってしまった。宗与が金切り声を上げて人を罵る姿など、どの使用人も見るのは初めてだったろう。とはいえ、いまの宗与にはそれを恥じ入る余裕もない。

「宗与先生……」

弱々しく、消え入りそうな声音だった。しかし、声音とは裏腹に、対局室に現れた宗与を見返す目は強い憤りを湛《たた》えている。どうして勝負の邪魔をするんだ、そう言いたげな目つきだ。

「弦女に支えられてやっと身を起こしていられるような有り様で、どうして将棋など指せるというのだ。もはや、これまで。誰も責めはせぬ、おまえはよく戦った」

この期に及んで、英俊に恨まれるやも、などと怯んではいられない。しかし、英俊の態度はあくまでも頑なだった。

「俺がお弦に支えられてるように見えますか。こいつが勝手にひっついてるだけですよ。煩わしいったらねえ、どけや、お弦」

言って、英俊はお弦を引きはがそうと腕を突っ張るが、肩に置かれた手がわななくばかりで、お弦の体はわずかにも動かない。

「聞け、英俊。父のときもそうだった。内調べのときには、具合悪そうにしておられた。どうして対局を止めなかったのか、いまでも悔やまれてならない。私に同じ後悔をさせてくれるな、頼む」

もはや、懇願であった。英俊も一瞬迷うようなそぶりを見せたが、すぐに頭振って今度こそお弦の体を押し離す。

「命まで賭けることないって、先生はおっしゃりますか。けどね、俺からすれば、この将棋を最後まで指せないのじゃ、将棋指しとして死んだも同じことです。……頼む、先生。悔いてくれ」

英俊は言って、頭を下げる。こうなっては、宗与には英俊を止めることはできなかった。縋るように眼差しを対局者である看佐に送るが、すでに英俊と同じ覚悟を定めているらしく、余人には目もくれない。

鬼宗も、お弦も、福泉も、対局室にいる宗与以外の棋士すべてが腹を括っていた。命より重んじられる、棋士としての死。棋才ある者だけが知る、この場にあって宗与だけが足を踏み入れられない世界があるのだ。特に拘りもなく、目についたというだけで連れてきた女中を横目で見る。隔てはこの女中と宗与の間ではなく、前にあるのだった。

棋士として同じ覚悟を持てぬなら、せめて義父として。宗与は対局室を横切り、福泉の前に出る。

「福泉先生、まことに勝手な申し出ではありますが、立会を私に譲っていただけませぬか」

「お譲りします。もとよりそれが筋と思っておりました」

福泉に礼を述べ、今度は英俊に向き合う。改めて見ると、その顔色は青ざめていて、とても将棋など指せる状態とは思えなかった。

「どうしても引かぬと言うのであれば、この将棋はただ最後まで指すだけでは足りない。一手でも見苦しき手を指せば止める、良いな」

「それで構いません。ああ、どうせならひとつ頼みがあります。鐐英をここに、連れてきてもらえませんか。義理でも兄として、あいつに残してやらねえといけねえもんがあります」

「残すなど、縁起の悪いことを言うな。私はここで命を投げ打っても良いと許したつもりはないぞ」

宗与の言葉に英俊は一瞬、頬を緩めたが、次の瞬間には勝負に臨む顔へと変わる。一月の間に落ちくぼんだ眼窩と相まって、凄《すさ》まじき鬼の形相であった。

宗与は鬼宗に断りを入れ、お弦に鐐英を呼びにやらせる。中断から四半刻あまり、立会を宗与と鐐英に変えて対局は再開された。

すでに手は決めてあったのか、看佐はすぐ盤上の飛に指をかける。再開後の初手は、二五に飛を浮く手だった。単純な桂取りだが、後手は味の良い受け方がない。さすがの一着と宗与の目には映ったが、英俊には違って見えたらしく、自信を漲《みなぎ》らせた手つきで銀を上がる。そこを境に英俊は凄まじい追い上げを見せた。

角を細かく動かし、徐々に自陣の凝り形をほぐしてゆく。六十四手目、四三銀と角に活を入れ、ついに勝負形を得た。

しかし、看佐もまた一流の棋士である。鬼が乗り移ったがごとき英俊の猛攻をすんでのところで堪え、決め手を与えない。白熱の盤面に、鐐英も顔を上気させている。

手数は百を超えた。時刻はすでに深夜である。対局者二名はともに食わずで指し続けているから、疲労は骨身に染みわたっているだろう。疲れから読みも浅く早指ししてしまいそうなところで、英俊は長考に沈んだ。ここを勝負どころと定めたのである。宗与は鐐英を控室に指し手を伝えに立たせる。鐐英のこと、対局者が長考に入れば身じろぎのひとつすら堪えようとするだろう、そう慮ってのことだった。控室の棋士も察して、鐐英をしばらくは引き留めてくれるはずである。

英俊は頭を抱える姿勢で、考え続けている。し、宗与の脳裏に、昼間の検討で鬼宗が口にした言葉がよみがえる。長く考えて指した手は、かえって凝りすぎた悪手となる。じわ、と背筋に嫌な心地が広がる。英俊の考慮がそろそろ一刻に達しようかというころ、鐐英は控室から戻ってきた。それを待っていたかのように、英俊の右手が持ち駒の桂を取った。

その桂が四七に放たれた瞬間、宗与の全身に痺れが走った。一見すると、持ち駒の桂をただで取られる場所に打つ、まるで昨日今日に駒の動かし方を覚えた子供でも指さないような手だ。しかしそれは、後手にとって最も速く、鮮やかな攻めだった。すなわち、同銀と桂を取ってくれば、すかさず角を成り込んで寄せを狙っている。さりとて、この桂は五九の角取りになっているので放置もできない。一刀両断の好手、宗与の目にはそう映った。鋭手を喫し、対局者の看佐の肩は落ちているように見える。決着の予感に、宗与の胸は高鳴った。

が、一刻ほどの長考の末に放たれた必殺手に対し、看佐の応手は意外なほど早かった。

九五角。英俊の顔色がさっと変わり、それが読みに無い手であったことを物語る。

実際、読みづらい手だった。九五に出た角は助かったわけでなく、九四歩と突かれればもはや六二角成として金と刺し違えるほかない。桂得が見込まれるところ、角金交換の駒損に甘んじる順なのだ。並みであれば、先手が苦しい辛抱を強いられたと見るのが自然な一手である。しかし。

宗与の感情は、この幽霊角を悪手と思い込もうとしているが、曲がりなりにも棋士として培ってきた感性は、その真逆を訴えた。四七の桂は取ってもらえるものとして打たれた駒であるから、こうやって単に角をかわされてみるといささかぼけてしまっている。思えばこの幽霊角の筋は、現局面から遡ること七十余手、序盤のうちから名人鬼宗が指摘していたものだ。名人鬼宗とて、その時点からいまの盤面を見越していたわけではないだろう。しかし、後手が端の一手を省いたことが、ここにきて響いているのは間違いない。

なにが雪の将棋か、いったい将棋のなにを分かったつもりでいたのだ。鬼神の戦いがごとき英俊と看佐の読み合い、そして、それをさらに凌駕《りょうが》する名人鬼宗の大局観を目の当たりにし、宗与は目を塞いでいた霜が取り払われたかのようであった。雪だ、神妙だと言葉の響きに酔って、誰よりも宗英の将棋を軽んじていたことを、いまさら思い知らされる。

慚愧《ざんき》の中で、宗与はひとりの棋士に立ち返ろうとしていた。本当は、悔しかったのだ。将棋より文筆に長じるなどと侮られ、己の顔に拳を叩きつけてやりたいと思うほど、悔しかった。

鐐英がその横顔をちら、と見て、すぐ対局者の方に向き直る。宗与は気づいていない。いま親子は、同じ顔で将棋に没頭していた。

必殺の四七桂をかわされた英俊ではあったが、その表情はまだまだ意気消沈の色を浮かべていない。仕切りなおしと敵陣に馬を作り、空振った桂を成って活用する。対し看佐も憎らしいほど落ち着いた指し回しを見せ、朝の鳥がさえずる刻になっても捩《ね》じり合いは続いた。

拮抗する勝負に、決着をつけるべく踏み込んだのは看佐だった。九六歩と突いて攻防に利く馬を取りに行く。その代償として右辺の飛金を見捨てるだけに、死命を賭した勝負手と言えた。そして。

九六歩に対し、英俊の肩は徐々に落ちていった。三六角成と金を取る手つきにも、もはや力が込められていない。将棋は駒の損得でなく、玉を詰ます速さを競う遊戯である。終盤において最も大事なのは手番、すなわち攻める権利だ。

飛金を犠牲に得た手番で、看佐は緩みなく攻め込む。英俊は玉の早逃げで手を稼ぐが、血をまき散らして逃げ惑う姿は、不屈というよりただ惨めである。数刻前の宗与であれば、どうして潔く負け形を整えないのかと、その無様に憤りすら覚えたかもしれない。

しかしいまは、この将棋を終わらせたくない英俊の想いが、痛いほど理解できる。

それでも、そのときはやってきた。先手が八二に飛を下ろしたのに対し、後手は銀を取りながら馬を五七に入る。先手玉に一手すきで迫る一着だが、看佐は動じない。惜しむような少考の後、打ったばかりの飛を切って王手する。後手工はどう応じても、即詰みとなる。歩以外の持ち駒をすべて使い切る見事な詰み手順だった。

「これまでに、ございます」

息も絶え絶えに告げると、英俊は糸が切れたように頽《くずお》れた。

宗与は誰よりも早く、まるでそうなることを知っていたかのように英俊の側に寄り、一晩でさらに一貫もやせ衰えたように見える体を助け起こした。英俊は虚ろな目で宗与を見返し、なにか言いたげに唇をわななかせる。

「なにも言うな、見事な将棋だった。よう戦ったなあ、英俊」

英俊はこの将棋に勝てなかったことを、詫びようとしている。それは口にさすまいと、宗与はほかにかけてやりたかった言葉すべてを忘れ、ただ英俊を褒め続けた。

宗与は、英俊に笑いかけてやる。英俊の姿はまるで魂が抜けてしまったように儚げだが、父のときと違い、腕にはしかと重みが感じられる。

7

十一月十七日、英俊と看佐の一番は江戸城黒書院の間でつつがなく披露され、好評を博した。上覧に上がられた十一代将軍家斉《いえなり》は先代ほど将棋には関心がない人だが、それでも投了後の詰み手順を尋ねられ、途中に二度の駒捨てが入る妙手順を堪能《たんのう》された。

御城将棋が終わり、将棋家は暇に入っていた。暇とはいえ、将棋家にとっては将棋会への参加や、弟子の発掘など、方々へのよしみを作る大切な時期である。大橋家の当主、宗金にはかねてから門下に加えたい棋士がおり、いま認《したた》めているのも先方へ訪問を伺う手紙だった。

火鉢が、ぱち、と音を立てる。と、それを合図にしたみたいに、襖の向こうから、失礼します、と声がして、

「お庭の掃除、終わりました」

内弟子の天野留次郎が、参上する。夏に一度、破門まで言い渡されたのが堪えたのか、この半年は庭掃除などの雑事を真面目にするようになっていた。次の雑事へ向かおうと襖を閉じかけた留次郎を、宗金は待ちなさい、と呼び止める。なにか叱られると思ったのか、留次郎はびく、と肩を強張らせた。

「寒をまつわりつかせたままでは、風邪をひくぞ。少し温まってゆきなさい」

よろしいのですか、と聞き返しながら、はや留次郎の膝は畳の上を這《は》っている。

「将棋の勉強は捗《はかど》っておるか、天野」

火鉢の前までにじり寄ってきた内弟子は、ぎょろ目を上目遣いにして頷く。五段目に上がるまで宗与家のお弦と会うことを認めない、その仕置きを心底真に受けているこの少年は、一日でも早く昇段にありつけるよう励んでいるのだった。

「ちょうど御城将棋の終わった後から、河島先生が一層厳しくなられました。この間など、留次郎が勝ったのに四半刻も叱られて、参りましたよ」

「そうか、おまえも師範代にやられたか。実はな、俺も一昨日寄せの甘さをこっぴどく叱られたよ」

言って、宗金は苦笑いを浮かべる。留次郎の言う通り、御城将棋から河島の将棋への打ち込み方は目に見えて変わっていた。留次郎や宗金に対する以上に、己の将棋に厳しくなり、なにより、政治のことをほとんど口にしなくなっていた。

河島が変わった理由を、宗金はそれとなく察している。おそらく河島は、先の御城将棋で英俊と看佐の棋力が自分を上回ったことを悟ったのだ。段位ではすでにふたりに抜かれていた河島だが、それは将棋家であるか否かの違いで、己こそ当代で名人鬼宗に次ぐ実力者であると自負していたに違いない。それは決して驕りではなく、宗金は六段目に上がったいまでも、河島には平手で手合い違いの負け方をする。実力が偽りないものであるからこそ、悔しくてならないのだろう。もっとも、気位の高い河島のこと、決してそれを口には出すまいが。

同時に、河島を長く腐らせていたのは、将棋家以外の者には名人はおろか八段目すら認めない将棋家の驕慢《きょうまん》にあると、忸怩たるをえない。思い上がりかもしれないが、いつか報いてやりたいという思いが宗金の胸に萌している。

「何年先になるかは分からないが、河島師範代には別家として御城将棋に上がっていただきたいと思っている」

「そういうことができるのですか。だったら、留次郎も天野のまま名人になりたいなあ」

「二段目にも上がらぬうちに、大それたことを言うやつだな」

留次郎の広い額を指で小突きながら、あるいはそれも好ましいことかと、宗金は考えていた。そして、そのためにいますべきことは決まっている。

「さて、もう十分に温まっただろう。盤駒を磨いてきなさい」

留次郎は首を竦めると、名残惜しそうに火鉢から離れ、座敷を後にした。宗金はしばらく留次郎の座っていたあたりを見つめていたが、やがて文机に向き直り文の続きを書き始める。

三月先、将棋家が大きな不幸に見舞われることなど、このときはまだ知る由もなかった。

第五章

1

伊藤看佐が、死んだ。二十八歳だった。

突然、舞い込んできた訃報に取り乱したのは英俊だった。報《しら》せにきた伊藤家の弟子に摑みかかり、さりとて人を殴ることのできる気性でもないため、ただただ大声で意味の通らないことを喚《わめ》く。こういうときの頼みはお弦だが、今回ばかりは呆けてしまっている。

「英俊、まずは詳しく話を聞いてみないことには……」

「こいつの話なんて、聞く必要あるもんか。でたらめに、でたらめに決まってらあっ」

埒が明かない。しかし、宗与自身も落ち着きを取り繕ってはいるものの、嫌な動悸《どうき》が収まらなかった。お弦を横目にかけては、己がしっかりしなくてはと思いなおし、今度は英俊を見て、を繰り返している。最後には英俊が畳を殴りつけ、なにごとか叫びながら座敷を飛び出していった。ややあって、お弦がはっとしたように顔を上げる。

「宗与先生。兄さんったらもしかして伊藤家に向かったのでは」

瞬間、身体の芯を冷や水が伝うような心地がした。

「よう気づいてくれた。いまの英俊では、伊藤家の心痛を思いやるどころか、傷を広げるようなことをしでかしかねん」

英俊の後を追うように、宗与らも屋敷を出、伊藤家に向かった。詳しい事情は道すがら聞くことになったが、かえって宗与は冷静に話を理解することができた。もしか、これが座敷の上で聞かされていたなら、英俊ほどでないにしろ取り乱さずにはいられなかったろう。看佐は、自ら首を括ったのだという。

「借財を悔いるようなことが書き遺《のこ》されていたようです」

聞いて、宗与は眩暈した。看佐が悪所通いと博奕《ばくち》で方々に借りを作っていることは知っていたが、よもや首を括らねばならぬほどとは思いもしなかった。

「どうして、言ってくださらなかったのか」

宗与家も内証にゆとりがあるわけではないが、それでもいくらかは助けられたはずである。宗与は臍《ほぞ》を嚙む思いであった。

話の尽きたところで、伊勢桑名《くわな》藩松平《まつだいら》家上屋敷の前に差し掛かる。三千三百坪の敷地《しきち》を持つ上屋敷の塀は、楓川に沿っておよそ一町半続き、その先の松屋町に伊藤家の屋敷はあった。目的地が近くなるにつれ、宗与の胸に不安がこみ上げてくる。英俊がお弦の考えた通り伊藤家に向かったのであれば、当然宗与らより先に着いているはずだった。騒ぎなど起こしていなければいいが、胃に絞られるような痛みを覚えながら、門前に立っていた下男に英俊が来たか尋ねる。

「いえ、まだお見えになっておりませんが」

その返答を得て、宗与はひとまず安堵した。となると英俊はどこへ向かったのか、という気がかりが生じてくるが、この際考えないことにした。

伊藤家の庭は沈丁花《じんちょうげ》の香が立ち込めていて、こんなときだというのに宗与は足を止めてしまいそうになる。横目にかけるだけでも、可憐《かれん》な咲き方である。ふと、気持ちが綻びそうになるが、この花の手入れをしていたのが誰であるかに思い至ると、気重さは倍になって戻ってきた。

母屋では、伊藤家の三男、金五郎が待ち構えていて、宗与らを看佐の寝かされた部屋へと案内した。金五郎の後について歩く廊下は、まるで綿を踏むような心地がして、はたしてこれは夢なのではないかと思われる。しかし、家の中に漂う独特のせわしなさが、宗与の思考を現実へと引き戻した。

「失礼いたします」

一声かけて、襖を開ける。沈丁花の香がした。先に来ていた宗金が、首だけこちらを振り返ると、体をずらし、宗与らの場所を作った。音を立てぬよう膝で畳の上を進み、布団を挟んで向かいに座る鬼宗とその妻に、お悔やみを述べる。

鬼宗は、それも耳に入っていないかのような、曖昧な相槌を返すのみだった。まるで抜け殻のようだが、無理もない。伊藤家は、長男と次男を相次いで亡くしたことになるのだ。

「お顔を拝見させていただいても」

「ああ、見てやってくれ」

白布の下から現れた顔は、自ら命を絶ったとは思われぬ安らかなものだった。眠っているだけのようだ、そう思った途端、目頭に熱いものがこみ上げてくる。お弦が嘆息ともとれるような呟きをこぼし、宗与の肩にしなだれかかる。

と、背後で襖の開かれる音がした。

敷居《しきい》の廊下側で、英俊が立ち尽くしている。その眼は血走り、赤く染まった顔は、悲しむより怒っているように見えた。しかし、英俊は決して我も失っていなければ、取り乱してもいなかった。正座に座りなおすと、改めて一声かけてから宗与の横まで進み、お悔やみを述べ、看佐の顔を見つめる。

顔を赤く染めたまま、じっと。縫い留めるような目つきで看佐の顔を見つめる。

「庭の沈丁花な、きれえに咲いてたよ、定やん。俺のこと野暮だって馬鹿にするけどよ、花の名前くらいは知ってるんだぜ」

もはや花の色も匂いも感じられなくなった看佐に語りかける。その頰を涙の筋が伝い、ぱたぱたと畳の上に滴り落ちた。

午後には寺社奉行や碁家など、人が続々と伊藤家を訪れた。それらの相手をしつつ、通夜の準備もしなくてはならない伊藤家は大忙しだが、こういうときに大の男はかさばるばかりで猫の手にもならないのは、どこの世間でも同じである。宗与家父子は暇を持て余し、まだかすかに寒の残る庭を、内心では飽きながら巡り歩いていた。

「名人はまこと気丈夫だ。客人の前では、決して弱みを見せられようとされぬ」

碁家の前では強いて気丈を取り繕う姿が、ことさら痛ましかった。

「帰り際に、まるで飼い猫でも死んだみたいだ、なんて言い捨てていった連中がいましたよ。さすがに、名人の耳には届かねえ場所でしたが」

「聞かなかったことにしておきなさい。間違っても、名人の耳に入れてはならないよ」

「そんくらいの分別は、俺にだってちゃんとありますよ」

英俊は憮然としているが、どうして災いを呼びやすい口であることは、宗与の目から見て間違いない。必要なときには一言足らず、逆に要らぬときには一言余分なのが、英俊の口だった。

「そういえば、おまえは家を飛び出た後、いったいどこへ行っていたのだね。伊藤家に向かったものと思っていたのだが」

「ああ、それですか。いや、合ってますよ。本当だったら、宗与先生らよりずっと先に着くはずだったんでさ」

英俊はきまり悪そうに空咳《からせき》をひとつする。家を出た直後は、とかく急いで伊藤家に向かおうとしていた英俊だが、江戸橋を渡ったあたりでだんだんと不安が湧いて出て、松平家の前を過ぎるころにはいよいよ足が伊藤家の方には向かなくなったという。曲がらなくてもいい角を曲がったり、立ち止まったりしているうちに時間が過ぎて、宗与たちより先に出ていながら、到着は後になったのである。

「こんなときになにをやってるんだろうな、てめえに腹が立ってきて。したら逆に、それ以外には頭が冷えたっていうか」

それで部屋に入ってきたとき怒ったような顔をしていたのかと腑に落ちて、宗与は小さく頷く。とはいえ、頭が冷えるということは、痛みに対して鋭くなるということでもある。看佐とは腹心の友であった英俊が、その現実を受け入れるときの心の痛みはどれほどであったか、とても想像しきれない。

「この沈丁花は、看佐殿が手ずから手入れされていたのだろうね。庭師の手並みとは違って、独特の癖が見られる」

「金釘流《かなくぎりゅう》を味があるって褒めてるようなもんですよ、そりゃ。定やんのことだから、たぶんでたらめに枝を切ってるだけでしょう」

「さっきと言っていることが変わっているよ、英俊」

よく見ようと花に顔を近づけ、宗与はふと違和感を抱く。

「看佐殿は、いつごろから悩んでおられたのだろうか」

「そりゃあ、二日や三日前からってことはないでしょう」

どうしてそんなことが気にかかるのかと、言いたげな口調だった。

宗与はひとかたまりになって咲く花に、そっと指を触れる。

看佐の寝かされていた部屋には、この庭で摘んだのであろう花が飾られていた。香の強さからして、摘まれてからそう日は経っていないはずである。手入れをしているのが看佐なら、摘んだのも看佐と考えるのが普通だろう。

首を括るほど追い詰められた人間が、はたして花を摘んで飾ったりするものだろうか。宗与の背筋に冷たいものが走る。

宗与の様子が妙なのに気が付いたのか、英俊が訝しむように眉根を寄せた。

「寒くなってきたね、戻ろうか」

取り繕って、沈丁花の花壇に背を向けた。背を向けてなお、甘い香がまつわりついてくる。


四月、伊藤家は鬼宗の甥にあたる宗寿を後継ぎに据えることを決めた。宗寿は贈名人伊藤看寿《かんじゅ》の孫で、棋力は六段目である。血筋正しく、実力者である宗寿を七代目と擬しておきながら、すぐに養子には迎え入れないあたりに、鬼宗の痛恨が滲んでいるようである。

宗寿の抜擢《ばってき》を受け、鬼宗の三男、金五郎は勘当を言い渡された。将棋に身が入らないことと、放蕩の癖がその理由とされた。

宗与家の英俊は、あの御城将棋から燃え尽きたようになっていたところに、親友である看佐の死が重なっていよいよ心が折れてしまった。すでに引退の意を固めており、宗与も説得を諦めている。

将棋家はいま、零落の坂の上におかれていた。

2

五月も半ばに差し掛かり、宗金はいまひとつ将棋に身の入らない日々を過ごしている。河島の用意した伊藤宗寿の棋譜も、ただ並べているというだけで、鬼宗の実子である金五郎を退けて伊藤家の七代目に擬された男の棋風や実力は、居飛車を好む力戦派というくらいにしか把握できていない。その程度のことは初段の留次郎にだって分かることだ。

宗与家の英俊、伊藤家の看佐を相次いで欠いたいま、己こそが将棋家の次代を支えてゆくのだという自覚はある。伊藤家の新たな後継ぎである宗寿と競い合い、研鑽を重ねなくてはいけないことも分かっていた。しかし、事情が事情であるだけに、割り切ることが難しいのも、事実であった。

英俊殿は本当に回復される見込みはないのだろうか。宗与家は近く、神田明神境内の伊勢屋嘉《か》兵衛《へえ》宅で、英俊の二代目宗英弘めの会を開く予定である。宗英の名を継がせ、しかし内々では引退の準備を進めているというのは、あまりにも世間を軽んじてはいまいか。かえすがえす、宗金は英俊の引退については、もうしばらく様子を見るべきだと考えていた。

「師範代と話し合うほかないか」

独り言ち、宗金は溜息をつく。このごろは将棋に専心している河島にこういう話を持ちかけるのは、寝た子を起こすようで気が進まない。とはいえ、政治に疎い宗金が独力でどうにかできる問題でもなかった。

師範代である河島には、敷地内にある内弟子用の長屋ではなく、母屋に住処《すみか》を用意している。当主である宗金は河島を自室に呼びつけても良い立場だが、頼み事をするつもりでいる以上そういうことはできない性分だ。もっとも、河島からすれば宗金がわざわざ足を運んでくる時点でおおよその用向きを察することができるので、手間がひとつ省ける利点もあった。

「さては、虫のいいことをお考えでしょう」

ちくり先の尖った嫌味に、宗金は顔を顰める。

「虫のいいこと、ですか。私としては、いま少し英俊殿の引退を待っていただきたいだけなのですが」

「他家の人事に嘴を挟み込みたいというのですから、当然そう言わざるをえません。まして、もとはと言えば宗与殿を一度は隠居に追いやったのはうちでございますよ」

宗与を隠居寸前に追い込みながら、その跡を継ぐ予定だった英俊には引退を思い止まれと言う。河島の言う通り、虫のいい振る舞いである。とはいえ、半年前まで宗与を追い落としたことを手柄のように語っていた男にそれを説かれるのは、釈然としないものがあった。

「虫のいい話を通したいときは、いっそ図々しくなった方が良いでしょうな。下手に道義を取り繕うのが一番いけません」

にべもなく言って、河島は扇子をはためかせる。宗金の四角四面な気質を見越して、婉曲《えんきょく》にこの件は諦めるよう迫っているのだ。

しかし、今度ばかりは宗金も腹を決めていた。

「道義を捨てれば、手だてがあるのですか」

驚いたように、河島は目を瞬かせる。やがて思案顔を浮かべ、押し黙ってしまった。考えているというより、悩んでいるふうである。沈黙の内を流れる時間は重く、河島が口を開くまでの間が宗金には一刻以上にも感じられた。

「上方に行ってもらうのが、好ましいですな」

「上方、ですか」

「名目は定跡探査とでもしておきます。ようは、英俊殿が表に立てぬ理由があれば、急いて引退せずとも良いわけです」

「それはそうだが、しかし、上方では将棋を指すわけでしょう」

「いやあ、指しませんな」言って、河島は茶を啜る。「上方は早指しの気こそいただけませんが、高段はむしろ江戸より力があります。いまの英俊殿は、読みに障りが出ておるとの話だ。上方の強豪と十戦やれば半分の五まで落とすこともありえましょう。将棋家の七段目、まして八段目まであと半歩と迫った棋士として、それは許されない。将棋家の名前を大きく貶めますからな」

河島は英俊が将棋家の威信をなにより重んじる宗与の訓戒を受けていることを指摘した。宗金はようやく、河島の意図を察する。

「英俊どのが上方で名を落とせば良い、ということですか」

「上方まで出向いておいて、しかし将棋はまったく指さないとなれば、英俊は将棋家の目が行き届かぬ土地で堕落している、というふうな声も立つでしょうな。世間とは口さがないもので困ります。しかし、十一代目が台頭するまでの時は稼げましょう」

「そうなったとして、英俊殿はどうなりますか」

「宗与殿が廃嫡になさるでしょう。最初に言い置いたはずですよ、こういうときは図々しく振る舞った方が良いと」

河島は悪びれもせず言い放した。

あまりに悪辣な手口に、宗金が絶句していると、

「十一代目、どうやったって英俊殿の引退には外聞の悪さがまつわりつきますよ。このまま退かれる場合、表向きの理由は病気で耳を悪くした、ということになりますが、世間は夜遊びの果てに瘡毒《そうどく》でも受けたか、と、もの笑いにするでしょうな。かといって、馬鹿正直に暴漢に頭を打たれたのが原因だ、とはもっと言えません」

将棋家に対し潜在的な恨みを持つ輩を刺激することになりかねない、言い添えて河島は溜息を落とした。口ぶりこそ冷淡だが、将棋家を相次いで襲った事件には、河島なりに心を痛めているらしい。

「どちらにせよ、師範代のやり方は宗与殿が納得されない。それならば、宗英弘めの会を取り止めることはできませんか」

「宗与殿ではなく、英俊殿に話を持ちかければあるいは、と思いますがね。宗英弘めの会を止め

にするのは難しいでしょうな。なにせ、半年も前から決められていたわけですから。ま、それも後から見れば私の失策ということになりますか」

河島の自嘲に、宗金はいよいよ将棋家の陥っている状況を思い知る。気塞いでいく宗金に、追い打ちをかけるようなことを河島は口にした。

「この件とは別に、伊藤家は無理としても宗与家とは早めに話をされた方がよろしいかと存じます。どうにも、一連の出来事は大橋家ばかりが得をしているように映りますからな」

「他家から疑いを向けられる、そうおっしゃりたいのか」

思わず語尾を荒くするが、河島は動じたところも見せず、煙は立っておりますから、と答えた。背がぞっと粟立つ。同時に、それはかつて己が宗与家に対して行った仕打ちだと気づき、身《み》悶《もだ》えするような後悔の念に駆られた。

「英俊殿の件はともかく、看佐殿についてはどうやって大橋家が関われようか」

「お言葉だが、いくらでも手は思いつきますよ」望みをばさり断ち切るような、平板な口調だった。「それに、あの一件には少し気になる点がございます」

河島の語った疑念は、宗金の頭をさらに悩ませるものだった。考えすぎと言えばそれまでだが、指摘されてみると不自然である。

「どうしたものか、これではいよいよ大橋家を疑えと言われているようなものだ」

言って、宗金は頭を抱え込んだ。

芝神明前の銘酒屋池田を訪ねたのは、特に大きな用事があってではなかった。看佐が生前に深い仲であった菊が葬儀に姿を見せていなかったことをいまさら思い出したのである。すでに三月近くが過ぎたいま、訃報が届いていないということはありえまいが、伊藤家から一言も連絡が行っていないとすれば、あまりに情のない話だ。伊藤家の代わりに、というのは差し出がましいが、宗与家も池田との間にはこまごました繋がりがある。訪う名目はなんなとあった。

「定次郎のことだったら、金五郎に教えてもらったわよ。お葬式も終わった後だったけどね」

馬鹿にしてるわ、言い添えて菊は鼻を鳴らした。人の噂《うわさ》は矢より速い。金五郎から知らされるより前に、看佐の訃報は菊に届いていたに違いない。

「葬儀に行っても、どうせ扱いは門前払いだったでしょうよ。その程度だったって吹っ切れたわ。かえってせいせいしてるくらいよ」

「申し訳ありません」

「宗与先生が謝ることではなくってよ。それより、金五郎のやつ伊藤家を勘当されちまったのねえ」

看佐ほどではないにせよ、金五郎も遊びで借金を作っている。そこに今度の事件では勘当もやむないところだ。とはいえ、鬼宗も実子には厳しくなりきれないらしく、勘当を言い渡された後も金五郎は伊藤家の母屋に暮らしていた。さすがに気塞いでいるようだが、勘当されたからではなく、兄を亡くしたことが原因だろう。

「煙たがってるふうに見えたんだけどね。あたしにも、兄貴と別れて自分に乗り換えないか、って誘ってきたことあるのよ」

「菊女殿は魅力的なお人ですから、無理からぬことですよ」

「あら、宗与先生からも口説かれちまったわ」

言って、菊は艶っぽく微笑む。その明るい振る舞いは、本人の言う通り、看佐の死を吹っ切れているように見えた。もっとも、人の心の深いところなどは、外から見ても分からぬものである。

「将棋は続けられていますか」

宗与はそれとなく、話題を転じた。

「ええ。そういえば、大橋本家の宗金先生から門下に入らないかって誘われたのよ、あたし」

初耳だった。宗与が驚いているのに気を良くしたのか、菊はまつ毛をぴょん、と跳ね上げる。

「将棋家はいまのままじゃいけないんだってさ。定次郎は堅物だって言ってたけど、なかなか見どころあるじゃない。けど、口説き方に関しちゃ、はっきり言って下手糞《へたくそ》だったわねえ。将棋家の門下に入ってくれるなら、それが大橋本家でなくても構わない、なんていうのよ。ぜひともうちに、って強く迫ってくれれば、ころっと気持ちも傾くのにさ」

宗与は思わず、苦笑する。大橋家ではなく将棋家の門下に、というのは、いかにも宗金らしい気の使い方だが、菊からすると野暮以外のなにものとも映らぬらしい。

「同じ将棋家門なら、やはり伊藤家に入門されるのがよろしいかとは、私でも考えます」

「まあ、あたしもそう思ったから、口説き方がなってないなんてケチつけてるんだわ。でも、いまとなっては伊藤家だけはないね」

菊の口ぶりから、大橋家への入門に前向きになっていることが察せられた。菊が優れた棋才の持ち主であることは、宗与も認めるところである。菊の年齢を考えても、手堅い棋風の大橋家に学ぶ方が合っていると思われた。

「にしたって、大橋本家は得したわねえ。なんたって、ゆくゆくは女流の名人、このお菊さんを門下に迎えられるってんだから」

言ってからからと笑い声を立てる菊に、宗与は白分の笑顔は引きつっていないか不安になる。強いて考えぬようにしていた疑念が宗与の胸を嚙んでいた。看佐が逝き、英俊が引退を決めたいま、次代の最有力は大橋家の宗金である。現時点での棋力こそ伊藤家の宗寿がわずかに優るが、年齢を考慮すれば伸びしろは宗金の方が遥かに大きい。鬼宗の後継として、半年前には宗金は数にも入っていなかったことを考えると、一連の出来事では大橋家だけが大きく利を得ている。

大橋家の実権が宗金にあるのなら万にひとつも疑うところはないが、実際に大橋家を差配するのは師範代の河島である。河島の大橋家の利のためなら将棋家全体の不利益を厭わない性質を、宗与は熟知していた。それはときに、大橋家の利ではなく将棋家の不利益を目的としているのではないかと思われるほどの独善である。

「どうかしたの、難しい顔してるけど」

「いえ、菊女殿とはせっかくよしみを持っていたのに、みすみす大橋家に逃したかと悔やんでいたのですよ」

宗与はとっさに笑みを取り繕った。菊はまんざらでもないようで、それだったら考えなおそうかしら、などと返してくるが、菊にとって宗与家の門徒となることが好ましくないことは宗与が誰よりも承知している。苦し紛れで自ら屈託を深くしてしまった宗与は胸の裡に溜息を落とす。

池田を出ると、日はずいぶんと西に傾いていた。腹の底に溜まるような、増上寺《ぞうじょうじ》の鐘が響く。三縁山《さんえんざん》の一里鐘と呼ばれるほど深い余韻を引く鐘は、時の鐘ではなく山内に勤行の始まりを伝えるために鳴らされるものである。


おたみは宗与家で最も古い女中である。ときには主である宗与にすら大きな態度を取る気の強い女だったのが、御城将棋の内調べが行われた日に叱りつけて以来まったく萎縮しきっていて、用事があって声をかけるたび、

「はい、なんでしょうかっ」

と肩を強張らせるものだから、扱いづらくて仕方がない。いっそふてくされて態度悪くしてくれた方がいくらかましだった。

「今日は大橋家から宗金殿が来られますから……」

「大橋家の十一代目が見えられるのですかっ。まあ、どうして今日になるまで教えてくださらなかったのかしら」

宗金の名を聞くや、おたみは目を輝かせた。宗金にまつわることとなれば、宗与に対する気後れはどこかへ飛んで消えるらしく、語尾に責めるような勢いがつく。もっとも、親子を通り越し孫ほど年の離れた宗金に懸想をかけているのでは当然なかった。

「分かってたら、おりつちゃんを髪結いに行かせてあげられたのに。ああ、いまからじゃとても間に合わないわねえ」

おりつは、おたみがことさら気に掛けている若い女中で、実際かわいらしい娘である。おりつ本人が宗金に熱を上げているのか、おたみが勝手に盛り上がっているのかは、宗与には分からない。とはいえ、大橋家の当主と宗与家の女中とでは、仮に恋が芽生えても切ない結末となることは目に見えている。

宗与の苦笑いを違った意味に捉えたのか、おたみはまた、肩を縮こまらせる。

「そういえば、英俊のことなのですが」

おたみが強張った態度のときには、いっそ実務的な話をする方が良かった。宗与はいま急いでする必要のない、十日後に行われる宗英弘めの支度について相談をした。

「八代目のお耳は、それほど公務に差し支えるものなのでしょうか。このごろはあまり不自由なさってる様子もありませんし」

英俊が将棋を辞める本当の理由は耳が聞こえづらくなったからではなく、将棋に障りが出ているからだが、女中であるおたみには当然知らされていない。

「耳を悪くされて間もないころは、離れた部屋まで届くような声を出してらしたでしょう。そのくらい大きな声で話さないと聞こえないんだわ、ってこっちも声を張ったものですよ。いまはすかしっ屁も臭いじゃなくて音でばれちまうわ」

おたみは話しているうちに、口の滑りが良くなる女である。

「暴漢に襲われたということ自体、外聞が良くないからね」

「でも、八代目は誰かと間違えられたのでしょう」

「間違えられた、とはどういうことですか」

おたみの思いがけぬ言葉に、宗与の語気が強まる。対しておたみは、面食らったように目を瞬き、

「知らなかったのですか、てっきり八代目から聞いているものとばかり。もしかして、あたしが聞いちゃいけないことだったのかしら」

言って、しまった、という顔をする。おたみの言い方だと、どうも英俊が誰かに話していたのを盗み聞いたようである。

「英俊がそれをいつ、誰に話していたのか、詳しく教えていただけませんか。決して、あなたを責めているわけではありません。それが本当であれば、大変なことかもしれないのです」

おたみは、決して盗み聞きではなかったのだと繰り返してから、たどたどしく記憶を手繰り始めた。

「いつだったかしら。たしか、十一月にはなってなかったと思いますわ。ええ、ずいぶん前だから、詳しくと言われてもあやふやなところが多いわねえ。けれど、決して聞き耳立てて盗み聞いた、とかではありませんことよ。あのころの八代目って、とにかく大きな声で話されたでしょう、聞くつもりはなくっても、どうしても耳に届いてしまうの」

「それは、別の部屋にいても聞こえるくらいの声だったのですか」

「いいえ、本人はきっと声を潜めていたつもりだったのではないかしら。たまさか部屋の前を通りかかったから聞きとれたけど、別の部屋にいて、なんかしら仕事などしていたら、聞こえてなかったかもしれませんわねえ」

そのときの見舞客が誰だったかは思い出せないと、おたみは申し訳なさそうに言い添えた。それが宗金であったなら、おたみは覚えているはずではないか、そう思いかけ、宗与は首を振る。決め込みはこの際危険である。

この場を立ち去りたそうにしているおたみに、宗与は強い眼差しを向けて問う。

「いまの話、ほかの誰かに聞かせたことはありませんか」

「いいえ、あたしもいまのいままで忘れてたくらいですので」

きっぱりとした口調だったが、あまり信用もできなかった。おりつをはじめ、女中のうち何人かはすでに話を聞いていると考えた方がよさそうである。とりあえず、このことはほかの誰にも話さぬよう釘を刺してからおたみを解放し、宗与は思索に沈む。なにより引っ掛かるのは、英俊がなぜ宗与には秘密とした話を、その見舞客にはしたのかという点だ。英俊を問い詰めて答えが得られれば話は早いが、到底それは期待できない。

考えることは山のようにあったが、宗与はそれらを強いて頭から追い払う。

この後訪ねてくる宗金にこの話をするべきか否か。まず決めなくてはならないのは、そこだった。

宗金は駆け引きというものを知らぬ男である。なにごとも誠実に、真意を包み隠さず事にあたれば、そこに間違いなど起こりえないと本気で信じている。人としては尊ぶべき美点だが、将棋家の当主、さらに次代の名人候補としては危ういところもあると、宗与は不安視している。名人となれば妖術のごとき陰謀渦巻く柳営と深く関わっていかなくてはならないからだ。人としての美点など、隙以外のなにものでもない。

「私は一連の出来事の裏に大橋家の関与があるなどとは、露も疑っておりませんよ」

来訪の意をそのまま口に語った宗金に対し、宗与もきっぱりと応じた。内心では大橋家の師範代河島に対し一抹の疑念がないでもなかったが、あえて口にすることでもない。

座敷に沈黙が落ちる。おたみから得た話を宗金に明かすべきか、宗与はいまだ決めかねていた。

英俊は誰かと間違えられて襲われた。非常に大きな手掛かりとなりそうなその情報は、しかし不可解な点も多く、慎重にならざるをえなかった。とはいえ、ここで宗金に確かめれば、その日英俊を見舞ったのが誰であったかを突き止めることができるかもしれない。

言うか、言わざるか。宗与が胸の裡で考えをせめぎ合わせていると、宗金が思いがけないことを口にした。

「実は、うちの河島が気にしていることがあります」

考えすぎかもしれないが、と言い置いて宗金が語ったのは、宗与が看佐の死に対して抱いている疑念と、ぴたり同じだった。河島もまた、伊藤家の庭に咲く花が、看佐の部屋に飾られていたことに違和感を覚えていたのである。

「看佐殿は多額の返済を急に迫られ、追い詰められた。河島師範代はそのようにお考えのようですね」

宗与はまるで、いま言われて気が付いたかのように装う。

「実は、額こそ大きくありませんが大橋家からの貸し付けがあるのです」

後で知られては拗れるので、言い添えて宗金は顔を顰めるが、宗与としては驚くようなことでもなかった。看佐への貸し付けなら、宗与家にもあったからだ。宗金は看佐への貸し付けが大橋家への疑惑の種になると思っているようだが、仮にそれが宗与家の倍あったとして、看佐を縊死《いし》に追い込むには足りなく思える。しかし。

宗与は宗金に眼差しを向ける。否、見ているのは宗金の背後にいる大橋家の師範代河島だった。河島が看佐の縊死にまつわる疑念を宗金に託したのは、あえて危ういところを這って大橋家への疑惑を晴らそうとしているように思えてならない。

「ときに、宗金殿」

低くなった宗与の声音に、宗金の眼差しが鋭くなる。それは、ほんのわずか訝しむ程度の表情でしかなかったが、宗与の意気は萎《しぼ》んでしまった。

「いえ、今年も伊藤家から例のお誘いをいただきましてな。これまではそれらしい理由をつけて遠慮してきたのですが、今年こそはお受けしようと考えておるのです」

「ああ、蝸牛将棋のことですね」

梅雨の時期になると、鬼宗は子供らを十日ほど伊藤家に預けてみないか、と持ちかけてくるのが恒例となっていた。蝸牛一匹で一番将棋を教える、というのが謳いなので、蝸牛将棋とかく呼ぶわけである。意外や子供好きの鬼宗であるが、強面《こわもて》と伝法な物言いが災いしてあまり懐かれない。宗与家の嫡子である鐐英も例外ではなく、その技芸に憧れは抱きつつ、人としては鬼宗を苦手にしていた。

「さすがに鬼宗殿も心細くなられている様子。わずかでも慰めになるのであれば、という思いです」

「うちも同じく考えて天野を送り出すつもりでいたのですが、どうも河島が首を縦に振りません。河島は伊藤家が天野を大橋家から引き抜こうとしていると訝しんでいるようです」

天野の棋才ならないとも言い切れぬ、と言い添え、まんざらでもなさそうに口元を綻ばせるのが、いかにも弟子に大甘な宗金である。常であればつられて頬の緩むところだが、しかし今度に関しては不審が先に立った。言い方は悪いが、ここで名人に阿っておく利を、さかしらな政治家である河島が軽く見るはずがないからだ。やはり河島はなにか裏を秘めていると、宗与には疑われてならなかった。

　月が改まり、宗与家は予定通り鐐英と引率の名目でお弦を伊藤家の合宿稽古に送り出した。お弦を供につけたのは、鐐英ひとりでは心細かろう、という宗与の配慮である。大橋家の留次郎はやはり河島が折れなかったらしく、不参加となった。

　鐐英のようなおとなしい子でも、いなくなると途端に家の中が静かになるのが不思議である。英俊に言わせれば、静かなのはお弦がいないからだそうだが、やはり宗与にとって物足りないのは鐐英の声と姿だった。

　英俊と言えば、去る五月末に神田明神境内の伊勢屋嘉兵衛宅にて、宗英の弘めを行った。もっとも、すでに引退の決まっている英俊はその誉《ほま》れある名を公に名乗る機会も廻らないまま返すことになるわけで、予定を変えられなかったとは言え、酷なことをしてしまったという心やましさが宗与の胸に痞えている。

　と、廊下から足音が聞こえる。

　菜を包丁で刻むような音を立て、襖が開いた。宗与よりもお弦の方が呆気《あっけ》にとられた顔をしている。髪が乱れ顔に貼りついている。瞬間、目の前がぱちり、と爆《は》ぜるような感覚が走り、宗与の頭の中を思考が濁流となって流れ始める。英俊が秘密を託したのは誰だったのか、なぜ英俊はそれを宗与には隠したのか、そして、看佐は何に追い詰められていたのか。解くことのできなかった謎が、いま宗与の眼前にお弦が立っていることへ収束してゆく。

　お弦は肩で息をしていた。鼓動で、座敷が揺れている。呆気にとられた顔のまま、お弦の唇が動いた。

「鐐英が、池で……」

4

伊藤家の合宿稽古に招かれて、四日が過ぎた。鬼宗は蝸牛を捕まえてくれば将棋を教えるというが、逆に言い換えると蝸牛を捕まえないと将棋は教えてくれないということである。鐐英にとって蝸牛は捕まえるどころか、ちょん、と指で触れるのも躊躇われるものだった。とはいえ、鬼宗の代わりに教えてくれる伊藤家の新しい後継ぎである宗寿も六段目の実力者で、これまで鐐英が教わってきたお弦や英俊とは違った棋風の持ち主であったため、学ぶところは多くあった。お弦らが大駒落ちの上手では定跡を外さないのに対し、宗寿の指し方は不羈奔放《ふきほんぽう》である。

「飛落ちはもう十分だろう。次からは角落ちで教えてもらいなさい」

直接指して教えてはくれないものの、棋譜を持って上がれば鬼宗はきっちりと添削し、評をくれた。はじめのうちは鬼宗の厳めしい風貌と声に縮こまっていた鐐英だったが、このごろは徐々に打ち解け始めている。もっとも、棋譜を持って上がる都度、今日は蝸牛を持ってきたか、と催促されるのには閉口していたが。

「雨が降った後に、庭を探してみろ。紫陽花の葉の上などに必ずおるから」

「そうは言っても、なんというか、にょろにょろして気持ちが悪いのです。私には触ることもできません」

「男の子が蝸牛も触れないでどうする。柔らかい体の部分ではなく、殻を摘まんでひょい、と持ち上げるだけではないか」

その殻にも触りたくないのだが、鬼宗には鐐英のそういう感覚がまったく理解できないようだった。

「まあ、気長に待つとしよう。ところで、私の作ってやった詰物は解き終わったか。あれくらいの問いにてこずっては、先が思いやられるぞ」

棋譜の添削のほかに、鬼宗は鐐英の力にあった詰物も用意してくれていた。あのくらいの問い、と鬼宗は言うが、初段格の鐐英にはなかなか難しく、五題出された問題のうちひとつだけはどうしても解き方が分からないでいた。それを伝えると、

「ほお、ひとつだけ答えが分からぬと言うのか。どの問題かな」

鬼宗は愉快そうに口の端を曲げる。

「蝸牛、と題された問いです」

「そうか、その問いが解けないか」鬼宗は頷きを繰り返す。「おまえはなかなか見どころがあるな。実はあの問いには解き方がないのだ」

あえて潰れ（余詰や不詰などの欠陥を抱えた問題）を混ぜておいたのだと言い添え、鬼宗は声を立てて笑う。もっとも、からかいの被害にあった鐐英はまったくおもしろくない。なにせ、その一題を二日も費やして考え抜いたのだ。

「そんな膨れた顔をするな。次に用意している五題は、すべて解き方が定まった問いだ。とはいえ、先の五題よりずっと難しいぞ」

鬼宗は文机の抽斗《ひきだし》から数十枚の紙束を取り出すと、そこから五枚を選《よ》って鐐英に渡した。新たに出された五題に目を通しながら、鐐英はかねてからの疑問を口にする。

「詰物を解くことは、指し将棋の力に繋がるのでしょうか。父上はあまり役に立たぬと言いますし、弦女先生や英俊先生は解いた方が良いとおっしゃいます」

「二対一なら、答えは決まっておるではないか。まあ、それは冗談として、詰物というのは作るのも解くのも指し将棋とはまた違った芸だな。そういう意味では宗与殿の言が正しいが、遊び心は身に着くぞ。遊び心のない将棋は、伸びしろがないものだ」

鬼宗の返答は理に欠けていたが、不思議と腑に落ちた。

鐐英は丁寧に指導の礼を述べて、鬼宗の部屋を後にする。台所に寄って菜の切れ端を貰《もら》うと、寝泊まりに供された部屋に戻った。床の間には鬼宗の買ってくれたクツワムシの虫籠が置かれている。鳴き声だけなら良いものだと思うが、このクツワムシはあまり、というか全然鳴かない。鳴かないとなれば、見た目の気持ち悪さだけしか残らなかった。とはいえ、せっかく買ってもらったのに死なせてしまうのは忍びないので、餌だけは毎日与えている。

「相変わらずへっぴり腰ねえ。留次郎だったら、指を噛まれるまでいじり倒してるよ、きっと」

同じ部屋で寝起きするお弦のからかいが飛んでくるが、実のところお弦だって虫は苦手なのである。餌やりを代わってもらおうとしても、あたしが買ってもらったわけじゃないと逃げを打つ。

「そういや、明日は金五郎と芝居を観に行くことになったわ」

鬼宗に頼まれたのか、お弦は看佐の死からずっと塞ぎこんでいる金五郎を励まそうと、あれこれ絡み続けている。金五郎はどこか迷惑そうにしていると鐐英の目には映っていたのだが、いっしょに芝居に行くのを了解したのなら思い過ごしだったのかもしれない。

「宗寿先生が、弦女先生と指してみたいと言っておられましたよ」

「平手だったら望むところだけどね。あの看佐もどきときたら、左香落ちでどうですか、なんて言いやがったのよ」

将棋家の外では初段として振る舞うことに抵抗を示さないお弦だが、将棋家内でとなると気位の高さを見せた。事実、六段目の宗金には平手で無敗であるし、鬼宗に至っては、蝸牛を持ってくれば香落ちで相手をすると言い、七段格として扱う姿勢である。六段目の宗寿に格下扱いされるのは気にくわないのだろう。とはいえ、力は認めているらしく、

「宗与先生は数年もしないうちに、宗金の方が強くなると思っているみたいだけど、そう容易いものかしらね」

と、同じ六段目の宗金と比べて、高い評を下している。もっとも、看佐もどきという辛辣な呼び名からは、看佐よりは下に見ていることが察せられた。

宗寿先生と指したら、弦女先生が勝つと思います、言おうとして、鐐英はやめた。

鬼宗から貰った詰物の一題目を開き、駒の配置と持ち駒を覚えて目を瞑る。頭の中で駒を動か

し、変化をひとつずつ検めてゆく。鬼宗から難しいと脅かされた問題は、肩透かしかと思うほどあっさり解けてしまった。

小雨《こさめ》上がりの庭は、銀の粒を撒いたようにきらきらしている。

本降りの後ではこうはいかない。水滴を纏った葉群れは、一枚一枚が切り取られたかのように輪郭が際立ち、紫陽花と菖蒲《しょうぶ》に縁どられた池は、紺碧《こんぺき》の中に白い円を映している。庭にある色という色がくすみを流し落とされ、あるべき瑞々《みずみず》しさを放っていた。

緑に彩られた庭を、武家らしき人が歩いてくる。鐐英はその人に見覚えがあったが、誰であったか思い出せない。

「ずいぶんと長く外を眺めていますね。よほど形勢に自信がおありと見える」

含みありげな声に、鐐英ははっとして向き直る。宗寿はいやらしく口の端を曲げ、鐐英の顔を見ている。

「すみません、宗寿先生」

「別に咎めたつもりはありませんよ」

しかし、宗寿の声音はあからさまな不機嫌を孕んでいた。無段の子供に角落ちで相手をすることに、強い不満を抱いているのだ。対局前には、それを命じた鬼宗への非難すら口にしていた。

「そもそも、名人は私を侮っておられる。七代目に擬しておきながら、養子には迎えてくださらないのがその証だ。棋才ある弟子が見つかれば、いつでも挿《す》げ替《か》えてやろうという魂胆が見え透いている」

鐐英からすれば穿ちすぎとも思えるが、宗寿には長く日陰を歩まされたことへの不信があるのだろう。宗寿は祖父に贈名人の看寿、曾祖父に五世名人宗印《そういん》を持つ、いわば伊藤家の正血である。

「名人ではなく、私に将棋を教わりに来る判断は正しいですよ。おまえが阿っておくべきは、いまの名人ではなく次の名人だからね」

鐐英が鬼宗ではなく宗寿に教わっているのは、蝸牛を捕まえることができないからだが、宗寿のような相手にどう接すれば良いのかはまだ子供の鐐英にだって分かっていた。あえて異は挟まず、しかし同意したとも取られぬよう、読みに没頭するふりをしてやり過ごした。実際、盤上の形勢は下手がはかばかしくない。お弦や英俊が相手でも、ここまで見せ場なく追い込まれたことはなかった。鐐英にとって悔しいのは、お弦や英俊が角落ちではいかに緩めて指していたかを思い知らされたことである。

「これまでにございます」

考えた末、鐐英は次の手を指さず頭を下げた。この局面で粘る手段より、なにが悪くてここまで悪くしたかを考える方が、いまの自分には学びが多いと考えたからだ。宗寿には潔く映ったらしく、

「まあ、角落ちではこんなところでしょう。しかし、おまえが無段というのは、厳しく育てるにしても過ぎるね。近いうちに私の七段目が認められるだろうから、そのときにおまえの初段も推

しておこう」

言って、鼻を鳴らす。

「しかし、私は大橋家の初段、天野に香落ちで敗れております」

「その子のことは私も聞き知ってはいるが、はたしてそれほどの棋才だろうか。訝しく思えてならないね。すぐにおまえの方が強くなりますよ。詰物も、名人ではなく私が作ったものを解きなさい。宗印の血を引かずして、詰物の名局は作れぬ」

将棋家の作った図式(詰将棋集)で最高傑作とされるのが、『将棋無双』と『将棋図巧』である。作者はそれぞれ七世名人三代宗看と贈名人看寿で、いずれも五世名人宗印の実子だ。この二作に次いで高い評価を得るのが八世名人九代大橋宗桂の『将棋舞玉』で、九代宗桂も宗印を祖父に持つ。宗印自身も献上図式のほかに成らず百番と呼ばれる『将棋精妙』を作り、生涯において二百もの題を残した詰物の大家であった。宗寿が誇るのも頷ける名血である。

「とかく、阿る相手を間違えぬことだよ。将棋の技だけが名人の資質ではないのだからね。ことに、女と博戯で身を崩し、自ら首を括るような無様はいただけない」

ねっとりと絡みつくような声音に、鐐英は背が粟立つ心地がした。細められた目は、隠しもせず看佐の死を嘲っている。

「道具を片づけておきなさい」

それだけ言い置いて、宗寿は座敷を後にした。

宗寿が去ってからも、鐐英はしばらく動くことができなかった。言い様のない不安に、胸の中で心の臓が暴れている。細められた目の中で不気味に光っていた瞳を思い出すと、胃が縮みあがった。あれはいったい、なんだったのか、まるで己が看佐の死に関わっているとでも言いたげではなかったか。脳裏をよぎった恐ろしい考えを振り払うように、鐐英は首を振る。

冷静に考えてみれば、仮に宗寿が看佐の死に関わっているとして、それを鐐英にほのめかす利はまったくない。宗寿はただ、己が名人の資質において看佐より優っていると語りたかっただけだろう。そう結論し、理屈では納得しても、一度心にこびりついてしまった不信感は拭い去れず、明日以降も宗寿に将棋を習うのかと思えば額に汗が浮かんだ。矢も楯《たて》もたまらず、鐐英は濡れ縁から庭に下りた。つっかけた下駄は鐐英の足には大きかったが、小雨に濡れてひんやり気持ちが良い。まっすぐ池の縁に咲いた紫陽花に向かって歩く。たしか、鬼宗は雨上がりに紫陽花の葉の上を探してみろ、と言ったはずだった。

「見つからないな、雨上がりから時が経ちすぎてしまったのかも」

残念と安堵が半ばする、複雑な心持だった。折り重なった葉を一枚一枚めくって検めてみても、蝸牛の姿は見られない。あるいは、紫陽花の花が剪定《せんてい》の時期に移っているせいかもしれなかった。花の咲き終わった紫陽花は紫陽花とは呼ばれないのではないか、鐐英はそんなことを真面目に考えている。

低いところにある葉を調べ終えて立ちあがると、先に見た客人が鬼宗に伴われ門の方へ歩いてゆくのが見えた。大柄な鬼宗と並んでも、さらに拳ひとつ背が高いその後ろ姿に、鐐英はようやく鷹見の名を思い出した。鷹見は寺社奉行土井大炊頭の家臣で、宗与家、ことにお弦とよしみの深い人である。

鐐英は蝸牛探しを再開する。しかし、昼には燦然《さんぜん》と輝いて見えた葉群れも、日の傾いてきたいまの刻限だと、互いに影を掛け合って冴えない。諦めて池を離れようとしたそのとき、鐐英の目にそれが飛び込んできた。思わず頬が綻びそうになるが、すぐに不快感がせりあがる。それは葉の上で殻に閉じこもっていたが、それでも十分に気持ち悪い形をしていた。

「そこでなにをしているのですか」

ふいに後ろから声を掛けられ、鐐英はぎくりとした。振り返らずとも、声の主は誰か分かる。

「道具を片づけろと言ったのに、ほったらかし。おまえは言われたこともできない愚図なのか」

鐐英はおそるおそる振り向くと、申し訳ありません、と頭を下げた。この位置からだと、盤が出されたままの座敷がよく見える。宗寿は不機嫌を隠さない声音で、再度ここでなにをしていたのか問うてきた。ここで嘘をつくのはなお事態を悪くすると判断し、鐐英は蝸牛を探していたことを告げる。

「明日は名人に稽古をつけていただきたいと思って」

宗寿の自尊心を傷つけぬよう、上手く取り繕って言い訳できるほど、鐐英は練れていない。

宗寿はおよそ子供に向けるものではない形相で鐐英を見下ろしている。そして、

「……蝸牛か」

呟くと、蝸牛の乗った葉をむしり、池に投げ捨てた。鐐英が、あっ、と声を発すると同時に、

葉は蝸牛の貼りついていた側を下にして水面に落ちる。水面で揺れる葉に、宗寿は薄笑いを浮かべている。吐き気がこみ上げ、鐐英は思わず口を押さえる。

「道具を片づけておきなさい。分かりましたね」

穏やかな声音で言い、宗寿はその場を後にした。水面の葉は、もう揺れてはいなかった。

宗寿に対する不信をお弦に告げるべきか、鐐英は思い悩んでいた。

池に浮かんだ葉を見据える眼差しを思い出すと、ぞっとして、とても明日以降将棋を教わる気にはなれなかった。とはいえ、鐐英自身がなにかされたわけでもないため、不信感を抱いている自分こそ礼を欠いているようにも思われて、恥ずかしくなる。

悩んだ挙句、口に出したのはまったく別の話題だった。

「昼に鷹見様が訪ねてこられたようですよ」

「ええっ、そうなの」

鷹見の名が出るや、お弦の声は高くなった。お弦が金五郎と芝居を観に行くことにはなにも思わない鐐英だが、こちらはどうにもおもしろくない。

「遠くから見ただけなので、見間違いということもありえますが」

結句、自分から話を断ち切ってしまう。気まずくなって、床に置かれた虫籠に近づく。餌やりで籠に手を入れるのはいまだ嫌でたまらないが、見るだけだったら多少慣れてきた。菜にかじりつく姿には、愛嬌を感じなくもない。食うばかりで、ちっとも鳴かない図太さも、ちょっとおもしろいと思い始めていた。

「なんだかんだ男の子なのねえ」

お弦は感心したように、目を大きくして言う。

その夜は嫌な胸騒ぎが収まらず、なかなか寝付かれなかった。

翌朝、鐐英は起き抜けから妙な体の重だるさを感じた。お弦はすぐに鐐英の具合悪そうなのを察し、稽古の休みを取り付けてくれた。

「熱とかはないみたいだけど。なんだったら、宗与先生に迎えに来てもらうかい」

「いえ、大丈夫です。ご迷惑をおかけして、申し訳ありません」

出稽古を途中で切り上げてしまっては、父の失望を招くかもしれない。鐐英にとって、それだけは避けたいことだった。今日を休めば、残るは半分、五日である。最後の一日は鬼宗が相手をしてくれると決まっているから、宗寿と顔を合わせるのはあと四度で良い。

あと四度も。数えたらかえって気が重たくなった。

せめて今日一日だけは安息を得たいという鐐英の望みは、夕方になって断ち切られた。襖の向こうからかけられた声音に、鐐英は背に嫌な汗をかく。いつもはいっかな鳴かないクツワムシが、このときばかりはしりりしりりと鳴き声を立てている。

「不調と聞いて心配しましたよ。大事ありませんか。ああ、ひどい顔色をしているね」

宗寿は鐐英の額に掌を乗せた。鐐英の心の臓は、胸を突き破りそうである。クツワムシの声が耳にこびりつく。

「どうしても具合が良くならないようなら、明日も休みなさい。詰物を持ってきたから、それを解いておくと良いだろう」

「はい、ありがとうございます」

思いがけぬ提案に、鐐英は心の底から安堵した。同時に、こんなにも優しく接してくれる宗寿に嫌悪を抱いている自分が、ひどく浅ましい人間に思われた。

「それにしても、やかましいな。これでは具合を悪くして当然だ」宗寿は忌々しげに、床に置かれた虫籠を睨みつける。「私が捨ててきてあげます。こんなごみ虫を押し付けられて、おまえも災難だね」

やめてください、鐐英は思わず大きな声を出していた。宗寿は虫籠に手を伸ばしかけた格好で固まり、訝しむように片眉を上げている。クツワムシはなお、かまびすしく鳴き続けている。どうして今日に限ってこんなにも鳴くのか、間の悪さにやきもきした。

「普段はほとんど鳴かないのですよ、本当です」

「鳴かぬなら、なおさら見苦しいだけではないか。名人に買ってもらったから、などと義理に思う必要はありませんよ」

宗寿の声音は、明らかに苛立ち始めている。鐐英はいよいよ切羽詰まっていた。宗寿はクツワムシを外へ捨てるのではなく、殺してしまう気だ。そんな確信めいた予感があった。

「先生のお手を煩わせるのは心苦しく思います。私が自分で捨てに行きます。ええ、その方がせいせいしますから」

懇願に近い鐐英の訴えに、宗寿も折れざるをえなかった。眉間にしわを寄せたまま、

「明日になってもここに虫籠が置いてあるようなら、池に捨ててやりますからね」

言い捨てると、足音を怒らせ部屋を立ち去った。鐐英は己の直感が正しかったことを悟り、それを回避できたことに胸を撫でおろす。しかし、そのために手ずからクツワムシを放さなくてはならなくなってしまった。溜息をついて、虫籠に顔を寄せる。クツワムシはいまさら鳴きやんで、鐐英の顔を見つめ返し、小首を傾げるような仕草を繰り返している。鐐英はもう一度溜息して立ちあがると、台所に行っていつもより多めに菜の切れ端を貰ってきた。

二晩続けて眠れぬ夜を明かし、お弦が起きだす前に虫籠を持って外に出た。空気は湿り、雨の気配を孕んでいる。

「食べるものはたくさんあるよ。鳥や蜘蛛《くも》に捕まらないようにね」

蓋を開け、外に逃がしてやる。籠から放たれた虫は、一目散に草の陰へと紛れていった。途端、胸がしくりと痛む。

空の虫籠を持って部屋に戻ると、折り悪くお弦が目を覚ましたところだった。どうしたの、と聞かれたので、

「捨ててきました」

つとめてそっけなく答えた。

この日も体調がすぐれないとして、稽古を休んだ。昨日と違って、ほとんど仮病である。お弦はそれとなく察したようだが、なにも言わない。昼前には、鬼宗が見舞いに来てくれた。

「年寄りの我儘《わがまま》に付き合わせてしまって、すまなかったな。慣れぬ家で、気疲れしたのだろう」

「いえ、せっかく稽古に招いてくださったのに、将棋を教われないのが悔しくてなりません」

鬼宗は床の間に置かれた空の虫籠を見ている。鐐英が中の虫を逃がしてしまったことは知っているようだった。悲しそうにしているのが怒られるより辛く、鼻の奥がつんとする。しかし、宗寿に捨てるよう言われた、などと言い訳するのは見苦しく思えて、できなかった。鬼宗はそのまま一言も話さず、やがて部屋を出ていった。

鐐英はひとり、庭を歩いていた。

小雨が落ちている。しかし、傘は持たなかった。紫陽花の硬い葉の上で雨の弾む音がする。池の水面には、無数の輪ができている。

蝸牛は探すまでもなく見つかった。なにせ、雨の中なのだ。鐐英は宗寿がしたように、葉ごと蝸牛を捕まえる。将棋を教えてもらいたかったのではなく、ただ鬼宗を喜ばせたかった。母屋に戻ろうと振り向くと、傘を差した人が近づいてくる。この人は本当になんなのだろう、鐐英は辟易すらしていた。

「傘も差さずに、なにをしているのですか。体を冷やすと、余計に具合を悪くしますよ」

慮るようなことを口にした直後、宗寿はこめかみを引きつらせた。その目線は、鐐英が手にした紫陽花の葉に注がれている。

「名人に将棋を教えていただきます」

宗寿の顔は一瞬、無表情を模り、やがて薄笑いへと変わった。鐐英に傘を差しかけながら、諭すような声音で言う。

「強情な子だね。けれど、いまの名人にも重きを置くべきだと言うなら、それは一理あります。その蝸牛で将棋を教えてもらうと良い」

言われずとも、そのつもりだった。お辞儀して立ち去ろうとする鐐英を、さらに宗寿の声が引き留める。さっきから、どうしようもなく強い眠気が降りてきている。

「話は終わっていないよ。おまえは紫陽花の葉をむしっただけで、蝸牛を捕まえたとは言いがたいね。掌に乗せて、名人のもとへ持っていきたまえ。でなければ、名人だって認めはすまい」

振り向くと、宗寿は勝ち誇ったように鼻を膨らませている。鐐英が立ち尽くしているのになお自信を深めたのか、す、と池を指差す。その仕草がなにを意図しているのか、察して胸が悪くなった。

断じて、それをしてなるものか。鐐英は紫陽花の葉から蝸牛を摘まみ上げると、掌に置いた。

「これで良いでしょうか」

掌にひやりと冷たい不快感が這う。それだけで、なにほどのこともなかった。宗寿の勝ち誇った笑みは崩れ、さっと額に赤みが差す。

鐐英の頭には、眠気の靄《もや》がかかっている。宗寿がなにか言葉を発し、鐐英の肩を激しく掴む。次の瞬間、鐐英の意識と体は浮遊感の中にあった。

「父上、英俊先生」

布団から半身を起こし、鐐英は気の抜けたような顔をしている。これといって、怪我をしている様子はなかった。安堵が眩暈となって襲ってくる。気を抜くと、その場に頽れてしまいそうだった。

「本当に大事ないか。池の縁に頭などぶつけておらぬか」

「はい、大丈夫です。ここ二日ほどあまりよく寝付かれなかったので、つい朦朧として池に落ちてしまったのです。宗寿先生が慌てて肩を摑んでくれたそうなのですが……」

鐐英がそこまで言ったところで、宗寿がおもむろに床に手を付き、床に額をこすりつける。

「申し訳ありません。本当であれば目の前にいた私が池に飛び込んで助けなければいけなかったところを、動転して身動きが取れませんでした。もし金五郎殿が偶然見かけてくれなければ、どうなっていたことか」

宗寿の首筋は血の気が引いて真っ白である。きっと心底、肝を冷やしたのだろう。宗与は宗寿に頭を上げるよう言い、

「鐐英が転びかけたとき、とっさに支えようとしてくれたのですね。そのおかげで、池の縁に頭をぶつけたりせず済んだのかもしれない。ありがとうございます、宗寿殿」

とんでもない、そう言って宗寿はさらに頭を畳に押し付ける。池に落ちた鐐英を助けるのが遅れた、というだけにしてはやけに込み入った謝りようだが、この際あまり深く考えぬことにした。

宗与は次いで、部屋の隅に目を向けた。池に落ちた鐐英を救い出すという手柄を立てたにもかかわらず、金五郎は膝を抱えて小さくなっている。膝で這って金五郎の前まで進み、深く礼をする。

「鐐英の命を救っていただき、感謝申し上げようもございません。鐐英にもしものことがあっては、親として死んでも悔やみきれぬところでした」

「命を助けたって、そりゃさすがに大げさだ。俺はただ……」

顔を上げ、宗与と目が合った瞬間、金五郎ははっと目を見開き、直後、ひどく傷ついたような顔をした。このとき宗与は、将棋家に起きた一連の事件について、己の考えが正解に近いところにあるのだと確信できた。あるいは、金五郎にとってもそうだったのかもしれなかった。彼にとってそれは、あやふやに揺曳《ようえい》する霞《かすみ》のようなものであったに違いない。宗与と目が合った瞬間、霞は黒い切先となって金五郎の喉に擬されたのだ。

「とにかく、大したことはしてねえよ」

消え入りそうな声音で言って、金五郎は顔を背けた。宗与はもう一度深く頭を下げると、最後に鬼宗と向き合った。

さしもの鬼宗も、悄然《しょうぜん》としている。

「申し訳ないことになってしまった。ひとつ違えば、取り返しのつかない事故になっていたかもしれん。私の目が行き届いていなかったのが原因だ。大事に至らなかったことに免じて、どうか容赦を願いたい」

悄然としながらも、鬼宗は名人として最低限の威厳は取り繕っていた。とはいえ、今回は宗与も阿った態度を取るわけにいかない。強い眼差しを鬼宗に向け、

「今回のことで伊藤家を責めるつもりは毛頭ございません。しかし、鐐英の不調は、すぐに報せていただきたかった」

「それには返す言葉もない。配慮が足りなかった」

とりあえず鐐英は宗与家に連れて帰ろうと思います、宗与がそう口にしたところで、鐐英が異を唱えた。思いがけぬことに目を丸くしていると、鐐英は枕元に置かれた虫籠を手に取り、宗与に向かって差し出す。

「私が捕まえました。これで明日は名人に将棋を教わるつもりでいたのです。連れて帰られるのは承服できません」

虫籠の中には蝸牛と、水で湿した綿が入れられている。

「これをおまえが自分で捕まえたというのか。それはすごいな」

宗与が虫籠を矯《た》めつ眇めつ眺め感心していると、鐐英はむずかゆそうに顔を顰め、

「まあ、池に落ちた拍子に握りつぶさなくてよかったです」

もごもごと口ごもりがちに言った。

池は夜の闇を吸って黒く染まっている。曇っていて、月も冴えない夜であるから、のっぺりとした黒である。鐐英が蝸牛を捕まえたというのはこの株だろうか、宗与は空きの目立つ紫陽花の前で身を屈めた。常盤木の多い伊藤家の庭だが、池の縁に植えられた紫陽花や菖蒲は季節が過ぎれば色を翳らせる。

英俊は宗与から少し離れたところに、ぽつねんと立ち尽くしていた。全部知っていたのか、最前かけられた問いには答えていない。

英俊は嘘をついた。宗与にではない。その日彼を見舞った客に対してだ。

英俊は自分が誰に襲われたかを察していて、その誰かを庇《かば》おうとしたのだ。宗与がそれを悟ったのは、お弦が息を切らしながら書斎の襖を開いたそのときだった。

「お弦の顔を見た瞬間、鐐英になにかあったのだと思った」

もしそうであったら、死んでも悔やみきれない。そう思った瞬間に、宗与の直感は答えに至っていた。思考はただ、それをめがけて後から流れ出したに過ぎない。

切ない誤算というほかなかった。英俊が庇ったことで、看佐は英俊を襲ったのが誰であるか知ってしまった。否、英俊はそれを見越したうえで、自分がその人物を許していることを伝えたかったのかもしれない。しかし看佐は、一死を以って英俊に報いることを選んでしまった。

「俺が誰にやられたのか、お弦には伏せといてもらえますか」

背からそう語り掛けてきた英俊の胸中を、宗与は推しはかる。己を背後から襲った相手を、英俊は将棋家のために庇った。宗与家の、宗与の矜持がそれを強いたのだ。そして、捨てられるはずもない恨みを捨て、許せるはずもない相手を許した果てに、英俊は無二の友を喪ってしまった。

私のせいだ、喉まで上がってきた言葉を、呑み下す。ここで謝れば、英俊をさらに深く傷つけてしまう。英俊が黙し耐えている以上、宗与もそうしなくてはならない。

宗与はすっくと立ちあがり、夜空を仰ぐ。蝸牛の殻のような色合いの月が、薄雲に輪郭を滲ませていた。

「おまえは誰かと間違われ、見知らぬ誰かに襲われた。私はそれを真相としよう」

夜の陰にもうひとり、人の気配が紛れているのには気づいていた。

そこここから、夜を研磨するような虫の音が聞こえる。

第六章

1

　座敷の中央には将棋盤が置かれている。盤の奥には鬼宗こと十世名人伊藤宗看がつき、お弦を待ち構えていた。座敷には鬼宗ともうひとり、寺社奉行土井大炊頭の家臣である鷹見の姿もあった。鬼宗曰《いわ》く、立会人であるらしい。壁を背にして座る鷹見に、お弦はなんでもないふうを装って礼をすると、盤の前まで進んだ。鬼宗はじっとお弦の顔を睨みつけてから、盤上に駒を広げる。

　この対局は、鐐英が鬼宗に頼み実現したものだった。もとより鬼宗には一局教えてもらう約束だったのだから、蝸牛を捕まえてきた分は別に一局お願いできるというのが、鐐英の言い分である。

「おとなしそうな顔をして、存外そうでもないな、あいつは」

「割とずけずけしいところはありますわ」

その鐐英は鬼宗に飛香落ちで勝ち、初段の力を認められていた。

鬼宗とお弦はそれぞれ家の流儀に従って駒を並べる。大橋流が玉、金、銀、桂、香、角、飛、歩の順番で一段目の中央から並べてゆくのに対し、伊藤流は桂までは同じだがそこから歩、香、角、飛の順番で駒を置く。敵陣に自駒の利きを通すのは失礼だから、というのが理屈だが、お弦からすると少々衒《てら》った感じがしなくもない。

歩をすべて並べ終わった鬼宗は、当たり前のように二枚の香と飛角も盤に並べた。駒落ちではなく、平手で相手をする構えである。お弦が当惑していると、

「お願いします」

言って、鬼宗は頭を下げる。開局の作法はたとえ名人が無段の子供を相手にする場合であっても蔑ろは許されない。お弦は慌てて礼を返した。鬼宗がさっと初手を指したのを見て、お弦はようやく意図を察した。ちょうど昨年のいまごろから中断となっている手紙将棋の決着をつけようというのだ。それだったら、お弦も望むところである。

すでに一度通った道なので、指し手はすらすらと進んだ。名人である鬼宗が、芝神明の池田を間に挟み、種々の偽装を凝らしてまでお弦に勝負を仕掛けてきた理由は分からない。もっとも、名人相手に平手で指すという誉れの前には、忘れてしまってよい疑問である。文で指し手を交わし合うのもなかなか風情あったが、盤を挟んで対峙《たいじ》する高揚感はやはり別格だった。

中盤まで進み、鬼宗が手を止めた。中断の局面はまだ先であるが、まさか手順を忘れたというわけではあるまい。お弦は背から頭のてっぺんに向かって、灰冷たい感覚が上ってゆくのを感じ

た。案の定、鬼宗は手紙将棋とは異なる手を指し、局面は予定から未知へと様相を変える。

「ご多忙な鷹見様に、強いて立会をお願いしたのだ。芝居将棋では申し訳が立たんだろう」

鬼宗はぐぐっと背筋を伸ばし、腕を組む。対し、お弦は猫のように背を丸くして読みに没頭する。あえて変えてきただけあって、手の意図は明白だ。手紙将棋では先手が攻める展開となったが、今度は後手からも攻めてこいと促している。技で劣るお弦としては、気合まで負けては話にならない。誘いに乗って、攻め合いの変化に踏み込んでいった。しかし。

いくらも手が進まぬうちに、お弦は違和感を覚え始めた。鬼宗の指し手には、常の荒々しさすら感じさせる迫力がない。柳のごとく変幻自在と言えば通りは良いが、明らかに鬼宗の棋風ではなかった。侮られているのか、否、危所に遊ぶ受け将棋はまさしく看佐のものだ。三年前に逝った看理のときもそうだったのかもしれない。鬼宗は己の将棋の中に、先立ってしまった子らを生き残らせようとしている。

それだったら、あたしも負けるわけにいかないのよ。お弦の指に力が入る。鬼宗が指し手に看佐の魂を宿しているように、お弦は棋士として命を絶たれた英俊の鬼哭《きこく》を握りこめているのだ。

互いの傷を抉《えぐ》り合うような、捩じり合いの攻防が続いた。攻めているのはお弦だが、手数が百を超えたあたりから徐々に鬼宗の受けが厚くなり始める。この将棋を死なせてなるものか、そんな執念の滲む凌ぎに、お弦は決め手を欠いていた。読みの枝に負けの変化が増え、形勢は細い糸一本でどうにか均衡を保っている状況だ。

この将棋を指している間中、お弦は己の中に英俊の力が宿ったような気がしていた。それは決して錯覚などでなく、お弦の指し手は常と比べても格段に鋭く急所を突いていた。それでも、お弦と英俊の力を束ねてなお、名人の技を破ることができない。お弦の背はいま、鬼宗の圧に屈して曲がっている。

指す手がない。技と気迫の両方で圧倒され、お弦の心は折れかけていた。

しかし。

看佐の将棋を死なすまいとする鬼宗の想いの中に、答えはあった。堰《せき》を切ったように読み筋があふれ出す。お弦もまた、その将棋を宿すことができるのだ。

すなわち、伊藤看佐の将棋を。

その手を境に、形勢はお弦へと振れだした。

棋士は棋士である限り、盤上で己を偽ることはできない。

決して人の前では涙を流すことのなかった鬼宗が、盤の上で泣いている。

乾いた駒音が響く。鬼宗は天井を仰いだ。

「ここまでか。平手で負けるのは十年以上ぶりだ」

お弦は終局の礼を返す。この将棋で、名人に勝ったと思うつもりはなかった。盤面はいまだ難解で、勝敗を断ずるにはまだ早すぎる。畢竟《ひっきょう》、鬼宗は盤上に現れた我が子を殺すことができなかったのだ。もっとも、徐々に悔しさがこみ上げてきたようで、鬼宗は険しい顔で盤を睨みつけている。

ちりちりと時の焦げるような沈黙の後、鬼宗は足を崩しながら言った。

「看佐が八段目に上がったら、即座に廃嫡にしてやろうと考えていた。おまえは在野に下り、将棋の聖と呼ばれるまで名を上げ、そして将棋家の名人を負かしに来い。そう言ってやるつもりだった」

将棋の聖とは、碁家に対抗心を持つ鬼宗らしい名付けである。なにもなければおかしさに頬が緩むところだが、お弦は真剣な面持ちで押し黙っている。鬼宗の言葉がなにを含んでいるのか、察せないほど鈍い頭をしていない。

「同じことを、あたしにもおっしゃりたいのですか」

お弦の問いかけに、鬼宗はゆっくりと首を振る。

「他家の弟子に差し出がましいことは言えんな。なにより、私を負かしに来いとは、もはや誰相手でも口にせんぞ。私は将棋で負かされることが大層嫌いだと思い出したからな」

鬼宗の軽口に愛想笑いを返しながら、お弦は胸の裡に屈託を沈めていた。在野に下る、一度頭によぎらせてしまうと、その考えはもう追い払うことができなかった。

暗くなった道を、鷹見とふたり歩いていた。松籟が耳にこそばゆい。お弦は懐手をして、鷹見から顔を背けるように顎を前に突き出している。このくらい態度を悪くしても許されるはずだ。お弦の懐には鷹見から返してもらった手紙がしまわれていて、二の腕をちくちく刺してくる。

「将棋家に高段の力を持つ女子がいるというのは真か、それを調べるためでございました」

鬼宗との対局が終わった後、鷹見はさも悪びれたふうを装って、手紙を差し出してきた。鷹見の手元には、同じ筆跡で書かれた西洋将棋の定跡筆録と、名人相手に平手で渡り合う手紙将棋が揃っていた。宗与家はお弦の存在を隠すことができなくなっていたのである。

女子であるという理由で高段を認められないことか、もしくは女子の分際で高段の力を持っていることか。鷹見にお弦を探らせた人物がどちらをけしからぬと思ったのか、お弦には知らされていない。確かめようとも思わなかった。鬼宗との間でどのような取引が行われたのか、それも聞く気がしなかった。なにがなんであっても、お弦が騙《だま》されていたということは変わらない。西洋将棋の道具を贈られ、定跡を必死に考えたこと、蘭人との対局、その帰りに雪の駒について語らったこと、愉快だった思い出は一瞬で生白く褪《さ》めた。

なにより悔しいのは、馬鹿にしやがって、という怒りが湧いてこないことだった。こうやって不機嫌を装わなくちゃならない有り様では、自分の気持ちを認めざるをえない。

あーあ、こんちくしょう。

胸の裡でめくるめく悪態は、鷹見に対するものなのか、それとも自分に対するものなのか。分からないのも、こんちくしょうだ。

と、江戸橋を渡る途中で、夜空の隅に花が咲いた。両国橋から上がるそれは、摘んで持ち帰れそうな大きさに見える。

「前に、雪の駒の話をここでしたことがありました」

「ええ、覚えています」

あれは楽しかった、言い添えて鷹見は目を細くする。お弦も口元を綻ばせた。芝居の巧い人だこと。これで吹っ切れた、そう主張するように胸を張って真正面を見る。

「鷹見様とは、もうお会いすることもなくなります。だから、最後にひとつ。お頼みしたいことがございます」

聞いてくださる、お弦は鷹見に横目を使う。もっとも、ここで最後の情けなんぞ乞うほど、落ちぶれるつもりはなかった。

「名前をください。いつか棋聖として名人に勝つつもりだから、うんと素敵な名前」

一瞬、眉を弓形にしならせ怪訝を露にした鷹見だったが、やがて合点が行ったのか力強く頷く。

「それだったら、ひとつ心当たりがあります」

鷹見が呼ばわったその名は、期待した通りのものだったが、やはり良い名前であるとお弦には思えた。江戸橋を渡り終えてから宗与家までは、ふたたび無言の時間となったが、最前のそれと違って気塞いだものではない。

「送っていただき、ありがとうございました」

お弦は深く、鷹見に向かってお辞儀した。顔を上げると、鷹見はふっと目を細め、半歩お弦の方へと歩み寄り、手を差し出した。

「取ってつけたようにしか聞こえぬかもしれませんが、大橋柳雪が名人を名実において凌がれる日を心待ちにしております」

それは、偽りなく鷹見の本心だと感じられた。そう思い込むことにした。

「鷹見様には感謝しております」

お弦の言葉もやはり、本心である。きっかけがなければ、お弦は将棋家を去る覚悟を持てず、一生を飼い殺しのまま終えていたかもしれない。否、きっとそうなっていただろう。結句、宗与家はお弦にとって優しく、居心地の良い場所だったのだ。

鷹見の手を離すと、ふいに切なさがこみ上げてきた。意地でも涙なんて流してやるものか。お弦は強いて明るさを取り繕う。

「感謝してると言いましたけど、同じくらい恨みもします」

鷹見は苦笑いで頷くと、別れの言葉を残してお弦の前から去っていった。もはや名残を惜しむそぶりもない後ろ姿に、お弦はやるせなく吐息するのみである。

七月に入り、暑さもいくらか和らぎ始めていた。

宗与家では後継ぎの英俊がお弦と共に上方へ定跡探査の旅に出たいと求め、認められた。英俊がそのまま将棋家に戻るつもりのないことは当主である宗与も悟っているので、出立の前に英俊と最後の一局を済ませている。師が弟子に直接将棋を教えるのはただ二局のみと言われ、それぞれ入門の力を見るときと、弟子を破門にするときである。むろん、これはただの言い回しで、宗与と英俊はこれまでに百を超える対局を重ねているが、とかく、けじめの一局を済ましてしまったことには違いない。

「本当は天野を連れてきたかったのですが」

見送りに来た宗金は申し訳なさそうな顔をする。大橋家の内弟子天野留次郎は五段目に上がるまでお弦との接触禁止という約定に意固地になっているらしかった。留次郎らしいと微笑ましく思う反面、やはり寂しくもあった。

「留次郎なら、五段目などあっという間ですわ」

「そのときには上方への定跡探査を申し付けてやります」

いよいよ出立となったところで、鐐英があっ、と声を上げ、お弦に駆け寄る。大木戸まで見送りに出る大人たちと違って、鐐英は門の外まででである。

「鐐英もせいぜい励んでね。いつまでも留次郎に後れを取ったままではだめよ」

伊藤家の合宿稽古に参加してから、鐐英の将棋はぐっと力強さを増していた。宗与は以前にもまして厳しい稽古を課しているが、もはや宗英の将棋を強いることはなくなっている。雪の将棋への執着がなくなれば、鐐英の強直な棋風と宗与の堅い指導は相性が良いようで、日一日と棋力の進歩は目覚ましい。

「弦女先生、私は諦めることにしました」

鐐英が男子にしては長すぎるまつ毛を伏せて首を振る。

「なにを言ってるの、確かにいまは留次郎の方があなたより強いけどね、それはひとつ歳が上だからよ」

「それではありません。天野には、たとえ十度、百度負け続けても、最後は勝ってみせます。私が諦めたのは、弦女先生を妻に迎えることをです」

「あなた、そんなことを考えていたの」

赤面のお弦に対し、言った鐐英の方は涼しい顔である。隣で聞いていた宗与は相好を崩し、

「子供とは親の目が届かぬところで育ってゆくものだな」

言って、鐐英の頭を優しく撫でた。愛弟子《まなでし》を倒すと言い切られた宗金含め、一同は皆笑顔である。お弦は目の高さを合わせるように鐐英の前で腰を屈めると、その白い頰に手を添えた。

「このきれえな顔を当分見られないのは、やっぱり寂しいわねえ。次に会うとき、痘痕《あばた》まみれになってちゃ嫌よ」

狙い通り、これまであっけらかんとしていた鐐英が涙を堪える顔となる。趣味悪く思われようが、やはりお弦は男子のべそかく顔が好きだった。

鐐英と名残を惜しみながら宗与家の門を出ると、見知った顔が待ち構えていた。盲人棋客の石本勾当である。

「申し訳ありませんが、今日は稽古を断らせていただいております」

「ああ、それは承知しています。今日はね、これを先生にお渡ししたく参じたのでさ」

石本は迷わずお弦の前に出ると、一通の文を差し出してきた。宛名は大橋柳雪となっている。

「果たし状です。あたしはいまより三段強くなってお待ちしておりやすから、そんときは平手でお願いしますよ」

お弦の隣で、宗与が苦笑いを浮かべている。初めて宗与家を訪ねてきたとき、この石本は手紙を書くのが難だ、と言っていたそうだ。しかし、石本の果たし状は実に見事な筆跡で書かれてい

る。

「三段強くなったくらいじゃ、今度は角落ちよ」

お弦は思いきり勝気を気取って、鼻を鳴らした。いまさら偽るつもりも、必要もない。柳雪の名を知っているということは、つまり石本も鷹見と関わっていたのだろう。つくづく鷹見という男を思い知らされるが、こと石本については骨のある好敵手を引き合わせてくれたことへの感謝しかない。用を済ませた石本は、わざとらしくそっぽに向かってお辞儀をすると、踵を返して去っていった。

石本と別れ、一行は伊藤家へ向かう。

「英俊殿、つかぬことをお聞きするが、どうして上方へ旅立たれる決心をなされた」

宗金の口調は常にない歯切れ悪さだった。疑問を口にしているというより、後ろ暗いところがあって、それを確かめているという雰囲気である。つまり、英俊の上方行きに、大橋家の師範代である河島の入れ知恵があったことを察しているのだった。

「あの男め、まんまと我を通し切ってしまったか」

宗金は呆れたように顔を顰める。もはや思う通りに将棋を指せない英俊は上方で名を落とし、代わりに大橋家の宗金が次代の期待を集める、というのが河島の筋書きだ。

「ま、河島先生の思惑にはひとつ誤算があるわ。大橋柳雪は上方で名人に届くほど名を上げてやるんだから」

「それも、河島の望むところですよ」

宗金が溜息交じりに首を振ったところで、松平邸の塀が途切れる。伊藤家屋敷まで、もう目と鼻の先まで来ていた。と、宗与が川向うに顔を向け、白々しい声を出す。

「あそこを歩いておられるのは、市川様ではありませぬか」

「ああ、そうかもしれませぬ。これは挨拶をせねばなりませんな、英俊殿も行きますぞ」

宗与に劣らず白々しい口調で宗金が言い、男三名は最前通り過ぎた越中橋の方へ引き返して行った。

気を利かせるのなら、どうしてもう少し上手くやれないものか。男連中の大根ぶりを憾《うら》みながら、川沿いに並んだ蔵のひとつを睨みつける。宗与家を出てからこちら、こそこそと後をついてくる気配があるのには、当然気が付いていた。

「出てきな、いるのは分かってるよ」

しばらくは反応がなかったが、子供の根などかわいいもの、やがて蔵の裏からひょろっと細長い影が現れた。お弦は肩を竦めると、鐐英に向かって大股で近づく。

「もうひとりは、会いたかないってことかしら」

お弦はあえて、蔵と蔵の細い隙間から目を逸らしている。子供の根はたかが知れたものだが、意固地となると別である。お弦はもう一度肩を竦める仕草をしてから、

「出てきてちょうだいな。あたしは留次郎の顔が見たいわ」

言って、蔵の方へと振り向く。目が合っては仕方ない、という体を装って、留次郎がふてぶてしい顔で鐐英の横に並ぶ。お弦はふたりの子供を、まとめて抱き竦めた。それぞれ抵抗を示した

が、一層腕に力を込めて逃がさない。胸にかかる息遣いがだんだん荒く、そして湿りを帯びてゆく。

「留次郎はいま、何段になりましたか」

「今度、二段目に上げてもらえることになりました」

「二段目か。だったら、五段目に上がるとしたら七年は先ね」

どのくらい、子供たちを抱きしめていただろうか。お弦はいつまでもそうしていたかったが、ふたりの子供は息を合わせたように同時に腕を突っ張って、お弦から身を引き離した。どちらもさっきまで嗚咽《おえつ》を上げていたとは思えないほど、凛とした良い表情をしている。

「七年もかかりません。五年で会いにゆきます」

そう言い放つと、留次郎はお弦に背を向け、駆けだした。鐐英はその背を追いかけようとして、留まる。躊躇いを含んだその表情に、お弦は強いて声を励ませて言った。

「留次郎に後れちゃだめだって、言ったばかりだよ」

鐐英ははっとしたように目を見開くと、お弦に向かって深くお辞儀してから、留次郎の背を追った。ふたつの背中は競走でもしているかのごとく遠ざかり、それと入れ違うように宗与らが戻ってくる。

「見間違いだったようです、お待たせして申し訳ない」

宗金の芝居は、やはり大根もいいところだ。お弦は空を見仰ぐ。

青が晴れ晴れしく、目が乾いて仕方がなかった。

大木戸で宗与ら将棋家の面々と別れお弦とふたりになるや、英俊は肩の荷が下りたかのように腕を天に向けて伸びをした。相も変わらぬ人見知りにお弦が呆れて横目を使っていると、なんだよ、と言いたげに眉根を寄せる。

お弦は口を尖らせ、大きな歩幅で二歩、三歩と踏み出した。

「さあて、大橋柳雪はどうやって名を上げようかね」

背に、英俊の剽げた声が掛けられる。お弦は振り向くと、悪戯っぽく口の端を曲げて答えた。

「とりあえず、印将棋がやりたいわ」

2

嘉永《かえい》四年（一八五一）。百まで生きると豪語していた十世名人伊藤宗看が逝き、将棋所が三度目の空位となってから九年の月日が過ぎていた。宗与家はいまだ七代宗与が当主を務めている。鐐英は十七歳のころに宗珉《そうみん》と名を改めて御城将棋に初勤し、そこから十年間無敗の好成績を上げたものの、いまは伊藤家の八代印寿《いんじゅ》に押され、十一世名人からはやや遠ざかった立ち位置にいた。

印寿は初名を上野房次郎《うえのふさじろう》といい、もとは大橋家の門下であった。弘化《こうか》二年（一八四五）、死病の床にあった宗寿の養子となり、その翌年には伊藤家の八代目を継いだこの男は、間違いなく将棋家でいま最も強い棋士である。

しかし、いま世間が将棋第一の人と認めているのは、天野宗歩《そうほ》こと、留次郎であろう。いまだ大橋家の養子に迎えられておらぬため棋級こそ七段目だが、世間では実力十三段の棋聖の名で呼ばれている。大橋家ではなく天野個人を師と仰ぐ門下生は、全国に千人とも三千人ともいわれ、将棋家を呑む勢いだ。大橋家との不仲も囁かれているが、宗歩の名と共に別家を許され、この年から御城将棋に上がることとなっている。もっとも、すでに大橋家門の河島宗臨、伊藤家門の和《わ》田印哲《だいんてつ》がそれぞれ別家として御城将棋に上がっており、天野は三人目である。つまるところ将棋家の人手不足はそこまで極まっていた。

将棋家はかつてないほどに、権力を弱めていた。

宗与はこのごろ、身を起こすことも億劫《おっくう》に感じられるほど、老いと病に蝕《むしば》まれていた。病床で思い返されるのは、あの兄妹のことである。京都での放蕩を理由に大橋英俊を廃嫡としたのは、予定だったとはいえ苦渋であったし、なにより、先立たれたことが痛恨でならない。英俊は宗英の名を返してからほどなく逝き、京都で名を上げ、石本との二十一局に及ぶ番勝負で江戸を沸かせた大橋柳雪も、天保《てんぽう》十年（一八三九）にこの世を去っていた。神田筋違いに構えた晩年の住まいには、対局を求める人が門前市をなす賑わいで、その名声は名人に比肩するほどだったのだ。

激しく咳き込む宗与に、鐐英が気遣わしげな目を向ける。

「寒いのではありませんか。障子を閉めておきましょう」

「いや、そのままにしておいてくれ。雪が降るかもしれぬ」

宗与はふたたび、彼女に思いを馳《は》せる。将棋家ありきの将棋ではない、将棋があっての将棋家なのだ。心からそう思えるようになったのは、やはり大橋柳雪がいたからだろう。強き将棋家を願い、果たせず、零落の路《みち》を辿ることは辛く苦しかったが、柳雪が民間棋士として大成してゆく喜びはそれを遥かに上回った。

じきに会えるかもしれないな。そんな弱気が頭をかすめると、思い浮かぶのはどうしてか、幼いころの姿だった。雪の降る夜、空を見上げて泣きじゃくっている。その傍らで、喜多次郎は己だって悲しいだろうに、お弦を雪から庇ってやっていた。

将棋家は見る影もなく弱り果てた。宗与はそれを、ようやくにして受け入れている。将棋家が弱くなっただけで、将棋そのものはいささかも翳ってはいない。大橋柳雪や天野宗歩といった規格外の存在によって、将棋家とそれ以外を隔てる垣根が取り払われただけなのだ。あるいは、それこそが柳雪と天野の強さの源なのだろう。宗与が一心に守ろうとした将棋家という囲いを、ふたりは越えるべきものとして見ていた。それはまるで、夜を穿つ星のごとく、雪を溶かす炎のごとく。

囲いの外は、果てしない。宗与の見果てぬ夢は、いま目の前にあるのかもしれなかった。

とはいえ、心にひと曇りの屈託もないわけではなかった。それは棋士としてではなく、父としての願いである。

「私はまだ諦めておりませんよ。いつか、天野に勝ってやります」

力強い鐐英の言葉に、宗与は目を細める。

色の乏しい宗与家の庭に、ひらひらと雪が舞い落ちる。

嘉永五年　十一月十七日
御城将棋御好　十五手目にて指し掛け
十一月十八日　安藤長門守《あんどうながとのかみ》宅にて指し継ぎ

先手　天野宗歩
後手　大橋宗珉

七六歩　三二金　二二角成　四四銀　四五歩　七三桂　三五歩　同金　七四歩
三四歩　七八金　同銀　五八金　三三銀　六八銀右　四五馬　四七金　六五桂
二六歩　八四歩　八八銀　五五歩　六九玉　八六歩　三七桂　八五飛　六六銀
五四歩　二四歩　四一玉　同歩　五二金　同銀　三五馬　五六金　七七歩
五六歩　同歩　五七銀　同銀右　三六歩　三九角　五七角　五二金　同桂
六二銀　同飛　三三銀　五六歩　八四飛　二六飛　八五飛　七五歩　同桂成
四八銀　八五歩　七七銀　六四銀　七九玉　六六角成　三五角　三一玉　同銀上
五三銀　二八飛　六四銀　四六歩　九四歩　七七銀引　同飛　五三歩　六四桂
二五歩　二三歩　六六歩　七四歩　八八玉　五六馬　五三歩　同銀　七三歩成

七六歩　八六銀　同飛　同歩　四四角　七一飛　五一歩　六三と　七七銀
同金　同歩成　同玉　七六歩　六七玉　二六角　五二と　八七飛　七七歩
同歩成　同銀　七六歩　六六玉　七七飛成　七五玉　五六桂　五一飛成　二二玉
五三と　六四銀也

後手　大橋宗珉の勝ち

本作は、第十五回小説現代長編新人賞奨励賞受賞作です。

参考資料

『将棋400年史』（マイナビ新書）野間俊克
『将棋文化史』（筑摩書房）山本亨介
『日本将棋大系8 六代大橋宗英』（筑摩書房）米長邦雄
『日本将棋大系9 六代伊藤宗看』（筑摩書房）板谷進
『日本将棋大系10 大橋柳雪』（筑摩書房）大内延介
『日本将棋大系11 大野宗歩』（筑摩書房）中原誠

webサイト

棋譜データベース　URL：https://shogidb2.com/
温故知新　URL：http://onkotisin.org

装画　卯月みゆき
装幀　芦澤泰偉

仲村 燈（なかむら・とう）

1982年奈良県生まれ。江戸時代の将棋界に生きる棋士たちを端正かつ鮮烈に描いた『桎梏の雪』で2021年、第15回小説現代長編新人賞奨励賞を受賞し作家デビュー。

桎《しっ》梏《こく》の雪《ゆき》

第一刷発行 二〇二一年七月二十六日

著者……仲《なか》村《むら》燈《とう》

発行者……鈴木章一

発行所……株式会社講談社

東京都文京区音羽二—一二—二一 〒一一二—八〇〇一

電話 出版 〇三—五三九五—三五〇五

販売 〇三—五三九五—五八一七

業務 〇三—五三九五—三六一五

本文データ制作……講談社デジタル制作

印刷所……豊国印刷株式会社

製本所……株式会社若林製本工場

▼定価はカバーに表示してあります。

落丁本・乱丁本は購入書店名を明記の上、小社業務あてにお送りください。送料小社負担にてお取り替えいたします。なお、この本についてのお問い合わせは文芸第二出版部あてにお願いいたします。

ISBN978-4-06-523767-0
N.D.C.913 270p 20cm

KODANSHA